dtv
Reihe Hanser

Ritter, Burgen, Hexen – im Mittelalter war noch richtig was los. Jonas' größter Wunsch ist es, das alles in Wirklichkeit zu erleben. Und ehe er sich versieht, wird er per Mausklick ins Mittelalter verfrachtet: Nun steht er in Beinkleid, Samtwams und Stulpenstiefeln inmitten einer Jagdgesellschaft. Doch aus seinem Traum wird ein furchtbarer Albtraum. Denn Maluban, der finstere Berater des Herzogs, hat Jonas in einen winzigen Käfig gesperrt. Ob seine Schwester ihn retten kann?

Tilde Michels, in Frankfurt a. M. geboren, arbeitete als Übersetzerin in Paris und lebte danach in England. Ihre ersten Kinderbücher waren Geschichten, die sie ihrem Sohn erzählte. Heute gehört sie zu den bekanntesten deutschen Kinderbuchautorinnen. Ihre Bücher wurden in zahlreiche Sprachen übersetzt. Tilde Michels arbeitet auch für Funk und Fernsehen. Sie lebt in München.

Tilde Michels

Das Falkenschloss

Deutscher Taschenbuch Verlag

In neuer Rechtschreibung
Januar 2005
2. Auflage September 2005
Deutscher Taschenbuch Verlag GmbH & Co. KG,
München
www.dtv.de
© 2002 Nagel & Kimche
im Carl Hanser Verlag München Wien
Umschlagbild: Henriette Sauvant
Gesetzt aus der Stempel Garamond
Satz: Satz für Satz. Barbara Reischmann, Leutkirch
Druck und Bindung: Druckerei C. H. Beck, Nördlingen
Gedruckt auf säurefreiem, chlorfrei gebleichten Papier
Printed in Germany · ISBN 3-423-62201-6

1. Der geheime Platz

Zu der geheimen Stelle am Fluss führt kein Weg, auch kein Trampelpfad. Bei der alten Ulme mit dem abgestorbenen Ast muss man die Straße verlassen, durchs Unterholz kriechen und über einen Erdwall klettern. Dann kommt eine Böschung aus Gras, davor ein schmaler Uferstreifen voller Steine, die der Fluss glatt geschliffen hat.

Jonas und Erik haben den Platz im vergangenen Sommer entdeckt. Keiner darf davon wissen; er soll ihnen allein gehören. Das haben sie sich versprochen.

Jetzt radelt Jonas ohne Erik zum Fluss. Ausgerechnet heute, wo's so richtig heiß ist, hat Erik Fußballtraining. Fußball! In ihren Hobbys sind sich die beiden Freunde nicht immer einig. Jonas macht sich nichts aus Fußball. Er steht auf Rittergeschichten und verschlingt alles, was er in der Bibliothek übers Mittelalter findet: über Burgen, Befestigungsanlagen und das Leben der Edelleute bei Turnieren und Jagden.

Wie immer versteckt Jonas sein Fahrrad in der

Nähe der Ulme. Dann kriecht er durchs Unterholz und klettert über den Erdwall bis zum Geheimplatz am Fluss. T-Shirt und Jeans hängt er an einen Ast und zieht die Badehose an. Aus dem Kies am Ufer sucht er sich Steine aus, flach und glatt, die gut übers Wasser springen. Aber irgendwie klappt das heute nicht. Die Steine springen höchstens zweimal und versinken dann.

Jonas gibt auf. Er setzt sich ins Gras der Uferböschung und zieht ein Buch aus seiner Leinentasche. Es ist eine aufregende Geschichte über das Mittelalter. Bis zur Hälfte ist Jonas schon gekommen. Die Handlung ist so spannend, dass er richtig mitleben kann. Bald ist er ganz vertieft; das Rascheln hinter sich nimmt er nicht wahr. Erst als ein Schatten auf sein Buch fällt, schreckt er auf: Johanna! Da steht seine Schwester Johanna! Jonas ist so verblüfft, dass es eine Weile dauert, bis er sich gefangen hat. Aber dann legt er los: »Was fällt dir denn ein? Du hast hier nichts verloren. Zisch ab! Das ist *unser* Platz, unserer ganz allein. Auf dich hab ich grad noch gewartet. Dein Glück, dass der Erik nicht da ist, der hätte dich vielleicht …«

Was der Erik mit ihr getan hätte, etwas richtig Fieses, fällt ihm so schnell nicht ein, deshalb schnaubt er nur verächtlich.

Johanna hat natürlich keinen Jubelempfang erwartet, aber sie will sich keinesfalls geschlagen geben. Und weil Jonas jetzt schweigt und nur mit zusammengekniffenen Augen aufs Wasser starrt, sagt sie:

»*Euer* Platz! Das ist überhaupt nicht *euer* Platz. Der gehört nicht euch allein. Der gehört genauso gut mir.« Und dann erklärt sie, dass Jonas sie mit seinem geheimen Gerede schon längst neugierig gemacht hat. Dass sie dahinter kommen wollte, was es damit auf sich hat. Dass sie den beiden Freunden vor einiger Zeit einmal nachgeschlichen ist. Und heute, findet sie, sei gerade der richtige Tag, um herzukommen, weil Erik beim Fußballtraining ist.

Sie hat das alles zuerst stockend, aber dann ganz selbstsicher herausgebracht. »Jetzt bin ich da«, schließt sie. »Und ich tratsch auch nichts aus.«

Jonas sieht sie scharf an. Dass Johanna alles so ehrlich erzählt hat, gefällt ihm. »Du verrätst nichts?«, fragt er.

»Bestimmt nicht«, wiederholt Johanna.

»Schwörst du 's?«

»Ich schwör's.«

»Aber stören lass ich mich nicht von dir«, sagt Jonas, und das klingt wieder ziemlich ruppig.

Johanna macht das nichts aus. Sie weiß, dass sie gesiegt hat.

Jonas nimmt sich wieder sein Buch vor und Johanna setzt sich still neben ihn. Es ist ihm jetzt sogar recht, dass sie bei ihm ist. Allein am Fluss macht es einfach keinen Spaß.

Lange Zeit redet keiner von ihnen. Johanna zupft Gräser und lässt Kieselsteine durch ihre Hände rieseln. Aber dann fängt sie doch wieder an:

»Meinst du, dass mich dein Buch auch interessieren würde?«

Jonas blickt auf. »Vielleicht. Nur, weißt du, so eine übliche Rittergeschichte ist das nicht. Du stellst dir unter Rittern bestimmt was Besonderes vor.«

»Waren sie doch auch, oder?«

»Mit denen ging's immer ganz schön auf und ab. Mal hatten sie viel, mal wenig.«

»Versteh ich nicht.«

»Ganz einfach: Sie zogen für ihre Fürsten in den Kampf. Da machten sie Beute, so viel sie raffen konnten. Das musste dann für eine Weile reichen.«

»Und wenn sie nicht gesiegt hatten?«

»Dann zogen sie mit leeren Beuteln heim. Wenn sie Pech hatten, wurden sie vom Gegner auch noch tüchtig verdroschen. – Lies mein Buch! Da steht alles drin.«

»Aber ...« Johanna will sich damit nicht abfinden. »Aber sie hatten doch schöne Burgen.«

Jonas lacht. »Eiskalte Buden waren das. Gerade

mal ein einziger Raum mit Kamin, und im Winter Lederlappen vor den Fenstern. – Jetzt lass mich in Ruhe! Wenn ich ’s fertig habe, leih ich dir mein Buch.«

»Ritter! Mittelalter!« Johanna will weiter nachdenken. »Ist doch ewig lang her. Bestimmt tausend Jahre …«

»Ungefähr«, bestätigt Jonas. »Aber ich find das total spannend. Ich gäb was drum, wenn ich mal einen Tag in echt im Mittelalter leben könnte. Da ist noch was passiert. Da war das Leben nicht so stinkfad und bescheuert wie jetzt.«

Johanna sieht ihn erstaunt an. »Meinst du, vor tausend Jahren war alles schöner? Tausend Jahre! So viel Zeit! Die kann man sich doch gar nicht vorstellen.«

»Vorstellen kann man sich die Zeit überhaupt nicht«, sagt Jonas. »Oder merkst du vielleicht, wenn sie da ist und im nächsten Augenblick schon wieder vergangen?«

»So ist das eben. Daran hat man sich doch längst gewöhnt.«

»Mit dir kann man ja nicht ernsthaft reden«, sagt Jonas.

Johanna zuckt mit den Schultern. »Das mit der Zeit ist ein Geheimnis. Manchmal ist eine Stunde endlos lang und manchmal vergeht sie wie nix.«

Jonas nickt. »Genau. Und dabei – wenn du auf die Uhr schaust – bleibt eine Stunde eine Stunde.«

Jonas hat sein Buch sinken lassen. Jetzt klappt er es zu. »Wird immer heißer«, sagt er. »Gehn wir schwimmen?«

Als sich Johanna umgezogen hat und schon mit den Füßen im seichten Uferwasser steht, zögert er. »Du, warte mal! Ich hab eine Idee.«

Mit ausgestrecktem Arm zeigt er über den Fluss ans andere Ufer. »Ich bin noch nie drüben gewesen. Aber ich hab da was entdeckt, was mich schon lange interessiert.«

Johanna sucht mit den Augen das andere Ufer ab und lacht. »Kann mir schon denken, was!« Es ist eine Ruine, halb von hohen Bäumen verdeckt. »Mittelalter!«, spottet sie.

»Kann man von hier aus nicht erkennen. Auch nicht, ob es mal ein Haus war oder eine Kapelle.«

»Oder eine Ritterburg«, ergänzt Johanna und grinst.

»So oder so«, sagt Jonas, »ich schwimm jetzt mal rüber und schau mir das an. Kommst du mit?«

»Ist aber ziemlich weit«, überlegt Johanna.

Jonas weiß, dass seine Schwester eine gute Schwimmerin ist. Trotzdem! Ein Risiko ist es auf jeden Fall. Der Fluss ist an dieser Stelle ziemlich breit.

»Weißt du was?«, schlägt er vor. »Ich erkunde das erst mal allein. Und wenn's okay ist, kommst du das nächste Mal mit.«

Johanna nickt. »Wie lange wirst du brauchen?«

»Rüber höchstens zehn Minuten. In spätestens einer halben Stunde bin ich zurück. Du kannst ja schon mal mein Buch anfangen.«

Die Geschwister tauchen gemeinsam ins Wasser und spritzen sich gegenseitig nass. Dann steigt Johanna auf die Uferböschung zurück und hockt sich ins Gras. Jonas schwimmt mit kräftigen Stößen in den Fluss hinein.

2. Die Ruine

Das Wasser war hellgrün und floss in ruhiger Strömung dahin. Jonas kam gut voran; bald hatte er die Hälfte hinter sich. Aber dann geriet er in eine Stromschnelle, die ihn flussabwärts trieb. Er musste seine ganze Kraft einsetzen, bis er einen ruhigeren Flusslauf erreicht hatte und wieder die Stelle mit der Ruine vor sich sah. Das letzte Stück zog sich hin. Um schneller voranzukommen, begann Jonas zu kraulen. Endlich spürte er Grund unter den Füßen und watete ans Ufer.

Seine Armbanduhr zeigte Viertel nach zwei an. Von drüben bis hier hatte er, wie geschätzt, zehn Minuten gebraucht. Er schüttelte sich und rubbelte mit den Händen das Wasser aus den Haaren. Dann blickte er sich um. Er war genau am richtigen Punkt gelandet.

Eschen standen dicht beieinander und schlossen das verfallene Gemäuer ein. Ehe er es erkundete, wandte er sich um und schaute hinüber zu ihrem Badeplatz. Johanna lag ausgestreckt im Gras, das Buch vor der Nase. Gut, dass sie drüben geblieben ist, dachte er. Die Stromschnellen waren reißender, als er vermutet hatte.

Aus der Nähe erkannte Jonas, dass die Ruine eine Kirche gewesen war. Reste eines Turms ragten über das Portal hinaus. Drei ausgetretene Steinstufen führten in das Kirchenschiff. Die sommerliche Hitze hatte das Gemäuer noch nicht erwärmt. Es war feucht und kühl. Jonas schaute an den Wänden hoch und tastete über das raue Mauerwerk. Aber da gab es keine Steinfiguren, keine Ornamente, nichts. Jonas war enttäuscht; er hatte sich mehr erhofft.

Eine schwarze Katze schoss an ihm vorbei ins Freie. Er wollte ihr gerade folgen, als ihn jemand ansprach. Ein Mann in Jeans und einem blauen Arbeitskittel kam aus dem hinteren Teil des Kirchenschiffs auf Jonas zu.

»Selten, dass jemand hierher findet«, sagte er, und nach einem Blick auf Jonas' nasse Badehose: »Rübergeschwommen, was?«

Jonas nickte stumm und betrachtete den Mann. Er hatte ein rundes freundliches Gesicht und seine Stimme klang sympathisch.

»Ich nehme hier Proben vom Gestein und dem Mörtel, weißt du. Wir wollen genau ergründen, welche Materialien zum Bau verwendet wurden. Die Bauzeit ist klar. Um 1300. Außer der Architektur interessieren uns auch sonst alle Einzelheiten.«

»Wen?«, wollte Jonas wissen.

»Uns vom Institut für Vergangenheitsforschung.«

»Vergangenheitsforschung?« Darunter konnte sich Jonas nichts vorstellen.

»Ich bin Historiker«, erklärte der Mann.

Jonas betrachtete ihn ungläubig. Ein Historiker, der in so einem vergammelten Gemäuer herumkratzte! Bei dem tickte es wohl nicht richtig!

»Doch, doch«, sagte der Historiker, als hätte er Jonas' Gedanken erraten. »Wir sind eine Gruppe von Wissenschaftlern, die die Vergangenheit erforschen. Jeder arbeitet an einer anderen Zeit. Mein Spezialgebiet ist das Mittelalter.«

Jonas fuhr wie elektrisiert auf. »Das Mittelalter? Wirklich?«

Über das Gesicht des Historikers zog ein Lächeln. »Du interessierst dich ja auch dafür. Deshalb bist du rübergeschwommen, stimmt's?«

Ein Hellseher!, durchfuhr es Jonas.

Aber der Historiker winkte ab, als wüsste er schon wieder, was Jonas gedacht hatte.

»Kein Kunststück«, erklärte er ihm. »Es ist eine Tatsache, dass der Mensch seinen Wünschen nachstrebt. Wünsche eilen voraus. Also konnte dein Wunsch, das Mittelalter einmal leibhaftig zu erleben, schon vor dir hier eingetroffen sein.«

Das sagte er, als sei es die natürlichste Sache der Welt. Für Jonas war das ziemlich rätselhaft.

Der Historiker ließ ihm Zeit. Dann nahm er das Gespräch wieder auf. »Ich beschäftige mich zwar auch mit Bauten aus jener Zeit, viel mehr interessieren mich aber alte Dokumente. In Klosterbibliotheken und Gerichtsarchiven lassen sich Berichte über spannende Sachen finden.«

»Spannende Sachen aus dem Mittelalter?«, fragte Jonas.

Der Historiker nickte. »Ich bin gerade einem solchen Fall auf der Spur. Es geht da um eine Schuld, die jemand lange Zeit mit sich herumgeschleppt hat. Eine Schuld, von der niemand etwas wusste.«

Eine Schuld? Der Historiker schien nicht zu bemerken, dass Jonas verwirrt war. Er fuhr fort: »Soll ich dir die Handschrift zeigen, an der ich gerade arbeite?«

Jonas kam alles rätselhaft vor. Er fühlte sich unbehaglich und gleichzeitig war er voller Neugier.

»Nun? Willst du?« Der Mann ging zum hinteren Teil der Ruine, wo ein Mauerdurchbruch ins Freie führte.

Jonas folgte ihm. Als er sich noch einmal umdrehte, entdeckte er die schwarze Katze, die auf den Eingangsstufen saß und ihm nachschaute.

Nach wenigen Metern standen sie vor einem kleinen Holzbau, der von der Ruine verdeckt gewesen war. An die Tür war ein Schild genagelt:

NEBENSTELLE
DES INSTITUTS FÜR
VERGANGENHEITSFORSCHUNG
Fachbereich Mittelalter

Jonas las zweimal. Hier war wirklich einiges schräg! Ein Institut in dieser Wildnis und in so einer Bude? Diesem Menschen war doch nicht zu trauen; mit seinem Gerede von einer Schuld in der Vergangenheit.

Der Historiker spürte Jonas' Misstrauen.

»Dir kommt das alles komisch vor, was?« Dabei erschien ein gewinnendes Lächeln auf seinem Gesicht. »Ich habe mich hier einquartiert. Nur für kurze Zeit, weil ich für eine schwierige Arbeit absolute Ruhe brauche. Die Hütte gehört der Forstverwaltung. Es kommt aber nie jemand nachschaun. Sieht primitiv aus, hat aber immerhin Strom und Wasser. Tagsüber arbeite ich hier. Vorläufig.«

Er öffnete die Tür.

Jonas zögerte einzutreten, aber dann siegte die Neugier. Er wollte wissen, was hinter der Sache steckte.

Der Raum war fast leer. Es gab nur einen Computer mit einem großen Bildschirm auf einem Bord an der Wand und einen Tisch voller Zeichnungen und Fotokopien alter Handschriften.

Auf dem Bildschirm sah Jonas eine Kirche und der Historiker erklärte: »Ich habe von der Ruine eine Computersimulation angefertigt, also ein Bild, wie die Kirche wahrscheinlich im Original ausgesehen hat. An Einzelheiten der Bauweise konnte ich sie rekonstruieren. Aber, wie gesagt, das mache ich nur nebenbei. Viel interessanter sind die Handschriften.«

Jonas betrachtete die Fotokopien. Er konnte aus den verschnörkelten Buchstaben kein Wort entziffern.

»Können Sie das denn lesen?«, fragte er.

»Das gehört zu meinem Studium«, erklärte der Historiker. »Wenn du dich damit befasst, kannst du das auch.«

»Aber was steht denn da drin?«

Der Historiker zog ein Blatt heraus. »Das hier beschäftigt mich am meisten. Ich habe dir vorhin von einer Schuld erzählt, die jemand auf sich geladen hat. Genau darum geht es in diesem Bericht. Es ist das Protokoll einer Gerichtsverhandlung.« Er unterbrach sich. »Interessiert dich das überhaupt?«

»Wenn es spannend ist ...!«

»Spannend schon, aber auch tragisch.«

»Lesen Sie vor!«

»Vorlesen wäre umständlich«, sagte der Historiker. »Altes Deutsch. Ich erkläre dir am besten kurz, worum es sich handelt. – Interessiert es dich auch wirklich?«

»Hab ich doch gesagt!«

»Also gut! Es geht um einen jungen Mann, dem vorgeworfen wurde, Umgang mit einer Hexe zu haben, einer Giftmischerin. Es wird gesagt, sie sei jung und schön gewesen.«

Jonas bekam große Augen. »War sie wirklich eine Hexe?«

»Warte! – Alles sprach gegen sie und das Urteil für die beiden lautete: ›Tod durch Verbrennen‹. – Sie wären zu retten gewesen, denn es gab Zeugen, die angaben, ihre Unschuld beweisen zu können. Der Richter hat sie aber nicht angehört.«

»Das musste er doch!«, rief Jonas.

»Da waren Mächtige, die über ihm standen und die Verurteilung wollten. Zur Abschreckung. Du kannst dir die abergläubische Angst der Menschen von damals nicht vorstellen.«

»Und das steht alles da drin?« Jonas beugte sich über das Blatt mit der Handschrift.

»Nicht ganz genau so, wie ich es dir erzählt habe. Dass es ein Fehlurteil war, hat der Schreiber vertuscht, aber ich konnte es zwischen den Zeilen herauslesen. Übrigens sind die Namen der beiden jungen Leute vermerkt: Sebald und Isabella.«

»Sebald und Isabella«, wiederholte Jonas. »Sind

sie wirklich auf den Scheiterhaufen gekommen? Nur weil der Richter die Zeugen nicht anhören wollte? – Hat er denn gewusst, dass die beiden unschuldig waren?«

»Es scheint so. Ich habe einen Nachsatz auf der Akte gefunden, der darauf hinweist. Leider schwer lesbar; vielleicht von ihm selbst vermerkt.«

Jonas versuchte, sich Sebald und Isabella vorzustellen. Unschuldig zum Tod verurteilt!

»Schrecklich«, flüsterte er.

Der Historiker nickte. »Aber, glaube mir, auch für den Richter war es furchtbar, ein solches Urteil gesprochen zu haben und dann mit der Schuld weiterzuleben.«

Jonas war es richtig unheimlich geworden. Er wollte von diesen Geschichten nichts mehr hören.

»Ich geh jetzt«, erklärte er.

»So plötzlich?« Der Historiker schien enttäuscht. »Warte noch! Was dich interessieren wird, habe ich dir noch gar nicht gezeigt.«

»Was denn?«

»Das schönste mittelalterliche Kastell, das du dir denken kannst.«

Jonas horchte auf. »Haben Sie das in Ihrem Computer?«

Der Historiker bediente ein paar Tasten und deutete auf den Bildschirm. »Hier ist es.«

Er hatte ein Kastell ausgewählt, das auf einer Anhöhe lag. Es hatte einen achteckigen Grundriss. An jeder der acht Ecken stand ein Turm, ebenfalls achteckig.

Jonas ging nah an den Bildschirm heran. »Toll! Da wär ich gern einmal.«

In den Augen des Historikers blitzte es auf. »Meinst du das wirklich?«

Jonas nickte. »Klar! Aber ist ja nur so eine Idee.«

Der Historiker klickte mit der Maus ein Feld an. Sofort änderte sich die Stimmung auf dem Bildschirm und alles in der Burg wurde lebendig: Das Tor öffnete sich und gab den Blick frei auf den Burghof mit Pferden und Reitern.

»Super!«, rief Jonas.

»Und du willst da wirklich hin?«, fragte der Historiker.

Jonas zuckte mit den Schultern. Wie meinte er das? Machte er sich über ihn lustig?

»Nein, nein, ich meine es ernst«, sagte der Historiker. »Unter bestimmten Umständen ist alles möglich.«

»Was denn für Umstände?«

Der Historiker besann sich lange, und was er antwortete, war Jonas völlig unverständlich:

»Du hast einen Wunsch – zum Beispiel. Und da gibt es eine Aufgabe – auch nur zum Beispiel. Du weißt noch nicht, wie du diese Aufgabe lösen kannst. Sie führt dich weit, aber du bleibst beharrlich.«

Beharrlich! Jonas käme nie auf die Idee, so ein altmodisches Wort zu gebrauchen.

»Ist doch alles Quatsch!« Er wandte sich um. Dieser verrückte Mensch machte sich doch nur über ihn lustig. Er hatte ihm schon viel zu lange zugehört. Jetzt musste er hier weg! Aber – an der Tür sah er sich noch einmal um. Es war, als hielte ihn etwas zurück. Er spürte, dass das Kastell eine fast magische Anziehungskraft auf ihn ausübte.

Der Historiker beobachtete ihn gespannt. »Nun?«

Jonas schaute gebannt auf das Kastell, dann fragte er: »Könnte ich ... könnte ich da wirklich mal hin? Nur mal zum Anschaun. – Aber wie soll das denn gehen? Ist das überhaupt möglich?«

»Ich habe doch gesagt, unter bestimmten Umständen ist alles möglich.«

»Und gefährlich?«

Der Historiker zuckte mit den Schultern. »Jede Entscheidung birgt ein gewisses Risiko in sich. Aber du musst wissen, dass dir diese Chance kein zweites Mal geboten wird.«

Jonas hörte jetzt kaum mehr auf das, was der Historiker sonst noch erklärte. Er starrte auf das Bild und sein Widerstand schwand. Wie unter einem Zwang flüsterte er: »Ich will da hin!«

Der Historiker nickte zufrieden. »Wir versuchen es.«

Er ging zu seinem Schreibtisch und suchte unter den mittelalterlichen Handschriften ein Blatt heraus.

»Das musst du dir anschauen«, sagte er und hielt es Jonas hin. Es war eine farbige Kopie, die fast wie ein Original aussah. Auf goldenem Grund war ein reich verzierter Anfangsbuchstabe gemalt, ein S.

»Scivias«, las er vor. »Das heißt ›Wisse die Wege‹.«

Jonas sah, dass im unteren Bogen des S eine Quelle in einem runden Becken sprudelte, darüber saß auf einer Ranke ein Vogel mit graubraunem Gefieder und einem gebogenen Schnabel.

»Präge dir das Zeichen genau ein!«, forderte ihn der Historiker auf.

Jonas konzentrierte sich und nahm das Zeichen ganz in sich auf. Nach einer Weile begann es sich vor seinen Augen zu drehen wie ein Kreisel und wurde riesengroß, während sich der Raum um ihn seltsam entfernte und dabei ausdehnte. Farben tauchten auf, verschmolzen in Wogen ineinander und das Licht wechselte von blendendem Hell zu fahlem Grau. In Jonas Kopf begann es zu sirren. Er wurde von einem Sog erfasst und wusste nicht mehr, wo er sich befand.

3. Auf Falkenjagd

Als er zu sich kam, stand er im Burghof des Kastells. Es war aus großen Quadern eines ockerfarbenen Steins erbaut. Die acht Türme standen im gleichen Abstand voneinander in die Mauern eingefügt. Auch der Burghof war achteckig. Das einzig Runde war ein Schacht in der Mitte des Hofs – ein Brunnen? Jedenfalls ein dunkles Loch, nur von einer niedrigen Einfassung begrenzt.

Der Burghof war voller Leben: Pferde, Reiter, Knappen – eine Jagdgesellschaft im Aufbruch. Die Ersten ritten schon durch das weit geöffnete Tor.

An eine Mauer gelehnt stand Jonas und staunte. Ob man ihn bemerkte? Mit Schrecken fiel ihm plötzlich ein, dass er ja in der Badehose war! Beschämt blickte er an sich herunter und entdeckte, dass er eine hellgrüne Leinenhose anhatte, die in Stulpenstiefeln steckte, dazu eine rote Samtjacke.

Er brauchte eine Weile, um diese Verwandlung zu begreifen. Unsicher schaute er sich um.

Da rief ihn einer der Männer an: »Heda, Bursche! – Ja, dich meine ich!«

»Mich?«

Der Mann machte ein Zeichen mit dem Kopf. »Komm her! Dich hab ich hier noch nie gesehen.« Die Stimme klang barsch, aber das Gesicht war freundlich.

Er trug ein dunkles Lederwams. Mit der rechten Hand führte er eine Stute am Zügel, auf der linken saß ein großer Vogel auf einem ledernen Handschuh. – Wie auf dem Bild, das Jonas in einem Buch über die Falkenjagd gesehen hatte. Klar, das war ein Greifvogel, ein Falke; und der Mann, der ihn trug, war der Falkner. Jonas ging zögernd auf ihn zu.

»Nimm den Falken. Setz ihm die Haube auf!«, befahl ihm der Falkner.

Und weil Jonas nicht wusste, was er tun sollte, knurrte der Falkner: »Du bist mir ja ein rechter Tölpel. Hast nicht mal einen Handschuh an!«

Verstört suchte Jonas nach Hilfe. Da traf sein Blick die Augen eines Jungen, der ungefähr in seinem Alter war, elf oder zwölf. Der nickte ihm zu, verbeugte sich vor dem Falkner und erklärte: »Herr, er ist neu hier. Wenn Ihr erlaubt, werde ich Euren Falken nehmen, bis Ihr aufgesessen seid.«

Der Falkner brummte, war aber einverstanden und reichte dem Jungen den Falken.

»Ich heiße Guntram und bin ein Jagdgehilfe«, sagte der Junge zu Jonas. »Ich zeige dir, was du wissen musst.«

Jonas atmete auf. Da war wirklich jemand, der ihm erklären wollte, was um ihn vorging.

»Ich heiße Jonas und … und …«, mehr wusste er nicht zu sagen.

»Schon gut«, sagte Guntram. »Wir haben alle mal angefangen.«

Der Falke saß ganz ruhig auf Guntrams Handschuh. Er hatte große schwarze Augen. Sein Gefieder war graubraun, die Brust weiß und braun gesprenkelt.

Jetzt reichte der Falkner Guntram eine kleine lederne Kappe. Die musste er dem Vogel über den Kopf stülpen und mit dünnen Lederriemchen am Hals befestigen. Die Augen waren dadurch verdeckt, der Schnabel und die Nasenlöcher blieben frei. Jonas wunderte sich, dass der Falke sich das gefallen ließ, aber Guntram erklärte: »Er ist abgerichtet und daran gewöhnt. Erst wenn er ein Wild schlagen soll, wird ihm die Haube abgenommen.«

Der Falkner war inzwischen aufgesessen und ließ sich von Guntram den Vogel auf den Handschuh setzen.

»Nehmt die Hunde!«, befahl er und trieb sein Pferd an.

Guntram rannte zum Zwinger und kam mit zwei Hunden zurück.

»Das sind Bracken, gute Schweißhunde. – Nimm!«
Er gab Jonas eine Leine und der Hund begann sofort Jonas zu beschnüffeln. Er war mittelgroß, hellbraun mit Schlappohren.

»Ein netter Hund«, sagte Jonas und tätschelte ihn, aber Guntram drängte: »Los, komm, wir müssen dem Falkner folgen!«

Der war schon durchs Burgtor geritten. Die beiden Jungen rannten mit den Hunden hinterher. »Und jetzt?«, fragte Jonas.

»Ich habe gehört, heut geht die Jagd auf Kraniche.«

»Auf Kraniche?«, rief Jonas. »Auf diese schönen Vögel? Die dürft ihr doch nicht umbringen und essen.«

»Essen?« Guntram sah Jonas misstrauisch an. »Du weißt aber rein gar nichts. Wie kommst du überhaupt hierher? Hast du noch nie von einer Beizjagd auf Kraniche gehört?«

Jonas schüttelte den Kopf.

»Dann weißt du womöglich auch nicht, dass Kraniche nicht zum Essen gejagt werden.«

»Nein«, sagte Jonas. »Aber wozu sonst?«

»Zum Vergnügen«, erwiderte Guntram. »Nur zum Vergnügen. Du wirst gleich erleben, wie großartig das ist.«

Inzwischen hatten sie eine offene Landschaft erreicht. Der Boden wurde sumpfig; oft mussten sie durch Tümpel waten. Der Falkner ritt eine kurze Strecke vor ihnen her.

Plötzlich hielt er sein Pferd an und gab Guntram ein Zeichen mit dem Kopf.

»Achtung!«, flüsterte Guntram. »Da stehen welche!«

Der erste Kranich stieg auf und strich mit weitem Schwingenschlag über die Ebene davon.

Jonas sah, dass der Falkner jetzt dem Falken die Haube abnahm. Als der zweite Kranich aufstieg, warf er seinen Vogel mit Schwung gegen ihn. Sofort griff der Falke an und hackte nach dem Hals des Kranichs. Der wehrte sich mit Schnabelhieben. In der Luft entstand ein Kampf auf Leben und Tod, den Jonas mit Entsetzen verfolgte. Guntrams Augen aber leuchteten.

Immer aufs Neue griffen sich die beiden Vögel an und hackten aufeinander los – bis die Kräfte des Kranichs erlahmten. Aus einer Wunde am Hals sickerte Blut über sein Gefieder, seine Schwingen trugen ihn nicht mehr, er stürzte zu Boden.

Die beiden Hunde fiepten; sie zitterten vor Erwartung und rissen an ihren Leinen. Da band Guntram sie los und der Falkner rief: »Such!«

Im gleichen Augenblick schossen sie los, hin

zu der Stelle, wo der Kranich lag. Sie stellten sich neben dem toten Vogel auf und erwarteten ihren Herrn.

Als Guntram und Jonas ankamen, war der Falkner schon vom Pferd gestiegen und der Falke auf seinen Lockruf zurückgekommen. Mit dunkel glänzenden Augen saß er auf einem Baumstumpf. Er war darauf abgerichtet, sich nicht gleich auf die Beute zu stürzen. Aber er trat ungeduldig von einem Fuß auf den andern, bis der Falkner den toten Vogel aufgebrochen hatte und ihm das Herz als Atzung reichte.

Jonas konnte den Kranich jetzt aus der Nähe betrachten: Der gebrochene Hals war schwarz, Körper und Flügel weiß, die buschigen Schwanzfedern schwarz. Auf dem Kopf saß eine hornige rote Kappe. Nur mit Mühe konnte sich Jonas beherrschen, um nicht loszuheulen.

Guntram beobachtete ihn mit einem spöttischen Lächeln. »Du begreifst nicht, dass das Jagen mit Falken eine Kunst ist.«

Jonas senkte den Kopf und Guntram murmelte: »Woher stammst du nur, dass du die Lust daran nicht spürst!«

Nachdem auch die beiden Hunde von den Innereien der Beute ihren Anteil erhalten hatten, setzte der Mann den Falken wieder auf den Handschuh.

Dann führte er sein Pferd am Zügel zurück in den Burghof.

Guntram steckte den Kranich in einen Beutel und folgte mit Jonas und den Hunden.

Auf dem Weg zurück zur Burg sprachen die beiden kein Wort. Guntram war noch ganz gefangen vom Kampf der beiden Vögel. Jonas warf immer wieder Blicke auf den Beutel, der sich mit dem Blut des toten Kranichs rot färbte.

»Komm!«, sagte Guntram, als er die Hunde in den Zwinger gebracht hatte. »Ich zeig dir den Falkenturm.«

Er stieß die schwere Eingangstür zu einem der acht Türme auf. Die Falken saßen auf Holzblöcken, die so weit voneinander entfernt standen, dass die Vögel nicht nach einander hacken konnten. Sie waren mit weichen Lederriemchen an den Füßen gefesselt.

»Zurzeit haben wir vierundzwanzig«, sagte Guntram. »Oft sind es viel mehr. Wenn der Herzog kommt, zeigen ihm die Falkner die Vögel; er sucht sich dann den aus, mit dem er jagen will.«

Jonas merkte jetzt, dass es dämmrig geworden war und er längst hätte umkehren müssen. Er schaute auf seine Uhr: Sie zeigte Viertel nach zwei an, genau die Zeit, als er ans andere Ufer gekommen war.

»Meine Uhr ist stehen geblieben«, rief er. »Wie spät ist es eigentlich?«

Guntram schien nicht zu verstehen, wovon Jonas sprach. Jonas wollte gerade auf seine Armbanduhr deuten, da fiel ihm ein, dass Guntram eine Uhr mit Räderwerk und Batteriebetrieb unmöglich kennen konnte. Er wollte ihn nicht wieder misstrauisch machen und versuchte, die Uhr abzustreifen, aber Guntram hatte sie schon gesehen.

»Was ist das für ein Ding?«

»Das ist …«, Jonas suchte nach einer harmlosen Erklärung, »… das hat mir ein Händler auf dem Markt verkauft. Er hat behauptet, damit könnte man die Zeit messen. Aber es ist kaputt.«

Guntram schüttelte den Kopf. »Irgendetwas ist seltsam fremd an dir. Mag ja sein, dass du einem Schwindler aufgesessen bist, aber lässt du dir wirklich einreden, man könnte die Zeit mit so einem kleinen Ding messen?« Er fing an zu lachen. »Die Zeit braucht man doch nicht zu messen. Ich stehe auf, wenn die Sonne aufgeht, und wenn die Nacht kommt, gehe ich schlafen. – Aber heute …«, er unterbrach sich und klatschte in die Hände. »Heute bleiben wir lange wach. Heut werden im Hof Fackeln aufgesteckt. Die Gaukler kommen und geben eine Vorstellung.«

»Gaukler?«, fragte Jonas. Um aber nicht zu zeigen, dass er sich nichts Genaues darunter vorstellen konnte, sagte er: »Ach so, klar! Gaukler.«

Guntram zählte auf, was alles zu erwarten war: »Spielleute, Zauberer, Possentreiber, Wahrsager. Vielleicht bringen sie sogar einen Tanzbären mit.«

Er zog Jonas durch eine kleine Pforte und sagte: »Bevor es losgeht, essen wir erst mal einen Teller Gerstenbrei. Mein Magen knurrt schon vor Hunger.«

Jonas spürte auch, dass er hungrig war – aber Gerstenbrei? »Was gibt's denn sonst noch?«, fragte er.

»Gerstenbrei, sonst nichts«, erwiderte Guntram. »Die gefüllten Tauben und Rebhühner sind nur für die Tafel der Herren. – Aber warte, ich werde auch einmal ein Falknermeister.«

Damit schob er Jonas in die Gesindestube, wo schon andere Jagdgehilfen und Bedienstete vor dampfenden Holznäpfen saßen.

4. Am anderen Ufer

Johanna wartet, bis Jonas am andern Flussufer angekommen ist. Sie sieht, wie hart er sich durch die Stromschnellen arbeiten muss. Sie beobachtet, wie er aus dem Wasser steigt und in der Ruine verschwindet. Dann legt sie sich ins Gras und schlägt sein Buch über das Mittelalter auf.

In einer halben Stunde will Jonas zurück sein. So genau auf die Minute wird es bestimmt nicht sein, das ist klar. Als er aber nach einer Stunde noch nicht zu sehen ist, wird Johanna unruhig. Sie klappt das Buch zu und späht zum andern Ufer hinüber.

»Das darf doch nicht wahr sein!«, sagt jemand hinter ihr. Es ist Erik. Sein Fußballtraining ist früher aus gewesen.

»Da zeigt der Jonas tatsächlich seiner Schwester unsern geheimen Platz.«

»Gar nicht wahr!«, entgegnet Johanna. »Ich hab euern Platz ganz allein gefunden. Ich hab mich nur nicht verjagen lassen. – So war das!«

»Wo ist denn der Jonas?«

»Drüben.«

»Am andern Ufer?«

Johanna nickt. »Er wollte die Ruine besichtigen.«

»So ein Blödmann! Der geht mir mit seinen Ruinen langsam auf den Keks.« Er holt einen Laptop aus seinem Rucksack. »Hier! Hab ein neues Computerspiel, das wollte ich ihm vorführen. Mittelalter. Total echt. Besser als so ein vergammeltes Gemäuer. Hoffentlich kommt er bald.«

»Er hat gesagt, in einer halben Stunde ist er zurück. Aber er ist schon seit mehr als einer Stunde fort. Du, Erik, ich hab Angst. Wenn's in dem alten Gemäuer Schlangen gibt oder so was ...«

»Quatsch, Schlangen! Der kommt schon wieder.«

Als aber weitere Zeit vergeht, hält es Johanna nicht mehr aus.

»Schwimm doch rüber, Erik, und sieh nach, wo er steckt.«

»Rüberschwimmen?« Erik tippt sich an die Stirn. »Die Stromschnellen kenn ich. Einmal wollte ich durch. Bin ganz schön abgetrieben worden.«

Johanna versucht es noch einmal: »Der Jonas hat's auch geschafft. Er ist doch dein Freund.«

»Na und? Muss ich deshalb seine Spinnereien mitmachen?«

»Feigling! Dann mach ich 's eben.«

»Du bist ja bescheuert. Der kommt garantiert gleich.«

Johanna hört nicht mehr auf Erik. Sie steigt ins Wasser und schwimmt mit kräftigen Stößen los.

Jetzt wird es Erik doch ziemlich mulmig. Er lässt Johanna nicht aus den Augen. Und als sie die Stromschnellen erreicht, ballt er seine Hände und schreit: »Komm zurück!«

Aber Johanna gibt nicht auf. Sie wird von den Strudeln erfasst und unter Wasser gedrückt. Ein paar Mal taucht sie auf und unter und wird ein Stück weit abgetrieben. Sie kämpft sich durch, bis sie in ruhigeres Wasser kommt und zum Ufer schwimmen kann.

Erik sieht, dass sie es geschafft hat. Erleichtert lässt er sich ins Gras fallen. – So was Starrköpfiges!, denkt er. Aber jetzt braucht er sich wenigstens keine Gedanken mehr zu machen. Zurück würde sie auf jeden Fall mit Jonas schwimmen. Er klappt seinen Laptop auf und schiebt das neue Computerspiel hinein.

5. Teufelszeug und Hexenvieh

Prustend stieg Johanna ans Ufer. Sie schnäuzte Wasser aus der Nase und ließ sich mit klopfendem Herzen auf einen umgestürzten Baumstamm sinken. Es dauerte eine Weile, bis sich ihr Atem beruhigt hatte, dann stand sie auf und suchte die Ruine, die flussaufwärts lag.

»Jonas!«

Keine Antwort.

Johanna stieg die Stufen zum Eingang der Ruine hinauf. Sie war von dem Sonnenlicht im Freien geblendet und konnte im Innern nicht gleich etwas erkennen. Zögernd betrat sie das verfallene Gemäuer, das düster war und ihr unheimlich vorkam.

»Jonas! Wo bist du? Gib doch Antwort!«

Da strich etwas Weiches, Pelziges um ihre Beine und Johanna schrie auf. In das Echo ihres Schreis mischte sich ein Maunzen, das sich in ihrem Kopf zu Worten formte: »Als schwarze Katze hast du keine Chance.«

»Maao«, kam es von unten dicht neben ihr. Zu ihren Füßen saß tatsächlich eine schwarze Katze.

Johanna beugte sich hinunter und strich ihr übers Fell. Gut, dass es außer ihr noch etwas Lebendiges in diesem Gemäuer gab.

»Hast du vielleicht meinen Bruder Jonas gesehen?« Johanna fragte das nur, um ihre eigene Stimme zu hören.

Die Katze rieb ihren Kopf an Johannas Bein und schnurrte. Plötzlich sprang sie mit einem Satz davon. Johanna hörte ein dünnes Quieken, dann war es wieder still. Gleich darauf kam die Katze zurück und legte Johanna eine Maus vor die Füße. Eine magere Maus, nur Haut und Knochen.

»Die ist dir wohl zu fipsig«, sagte Johanna. Dann besann sie sich, dass sie nicht hier war, um sich mit einer Katze abzugeben. »Du, Katze, ich verstehe nicht, was hier vorgeht. Ich suche meinen Bruder Jonas. Der ist ein richtig bekloppter Mittelalter-Freak.«

Das Wort »Mittelalter« hallte von den Wänden und die Katze kreischte in einem lang gezogenen Ton. Wieder hörte Johanna Worte, von denen sie nicht sagen konnte, ob sie aus ihren eigenen Gedanken kamen: *Hör auf vom Mittelalter! Grausame Zeiten für schwarze Katzen. Öffentlich aufgehängt und verbrannt wurden wir. Teufelsbrut, Hexenviehzeug nannten sie uns.* – Jetzt fang ich an zu spinnen, dachte Johanna. Ich muss hier raus.

Die Katze zu ihren Füßen fegte mit einem Pfotenhieb die tote Maus aus dem Weg, stellte ihren Schwanz steil auf und blickte Johanna an.

»Du, Katze, mich interessiert das Mittelalter überhaupt nicht. Ich will nur wissen, wo Jonas ist.«

Die Katze miaute und lief zum hinteren Ausgang der Kapelle. Sie blieb aber immer wieder stehen und schaute zurück, ob Johanna ihr folgte. Sie lief über Schutt und Mauersteine bis zu dem Holzhaus mit dem Schild

NEBENSTELLE

DES INSTITUTS FÜR

VERGANGENHEITSFORSCHUNG

Fachbereich Mittelalter.

Und jetzt?

6. Die Küchenmagd

Unschlüssig stand Johanna vor dem primitiven Bau. Konnte sich in diesem Holzhaus ein Institut befinden?

Die Tür war verschlossen. Jonas hier zu suchen hatte bestimmt keinen Sinn. Trotzdem, wenn da was von Mittelalter stand ...! Sie horchte an der Tür und bückte sich zum Schlüsselloch hinunter. – Nichts!

Es war aber jemand drin, der sie gehört hatte. Schritte näherten sich und die Tür ging auf.

»Was treibst du denn hier?« Ein Mann im Arbeitskittel stand auf der Schwelle.

Johanna war so verwirrt, dass sie ganz schnell ganz viel auf einmal fragte: »Wo ist mein Bruder? Ist er hier gewesen? Haben Sie ihn gesehen? Wo bin ich überhaupt? Was ist das für ein Institut? Was machen Sie hier?«

»Langsam, langsam! Eins nach dem andern! Du willst wissen, was ich hier mache? Ich arbeite hier. Als Historiker.« Er hob beruhigend beide Hände. Aber Johanna wollte sich nicht beruhigen lassen.

»Sie wissen, wo mein Bruder ist. Sagen Sie es mir! Sofort! Ich will zu ihm.«

»Geduld!«, antwortete der Historiker. Er machte die Tür weit auf und deutete auf den Bildschirm, der auf dem Bord stand. Das Kastell mit den acht Türmen war noch nicht gelöscht. Bei seinem Anblick kreischte die Katze auf und rannte davon.

Johanna sah ihr erstaunt nach. »Was hat sie denn? Ist das Ihre Katze?«

»Sie gehört niemandem«, antwortete der Historiker, »und sie kommt auch nie über diese Schwelle. Das Mittelalter, weißt du, war eine grausame Zeit für schwarze Katzen.«

Hatte sie das nicht gerade eben schon gehört oder selbst gedacht? Johanna schaute den fremden Mann unsicher an. »Das kann doch diese Katze nicht wissen.«

»So etwas vergisst sich nicht«, bekam sie zur Antwort. »So etwas wird weitergereicht von den Urahnen über die Enkel bis heute. Einige Überlebende muss es wohl gegeben haben.«

Dann lenkte er Johannas Blick wieder auf das Kastell.

»Ist das ein Zauberschloss?«, fragte sie. »Hat das was mit Jonas zu tun? Ich will endlich wissen, wo er ist.«

»Mein liebes Kind«, antwortete der Historiker,

»dein Bruder befindet sich auf einer abenteuerlichen Reise.«

Johanna fühlte, wie ihre Gedanken im Kopf kreisten. Was redete dieser Mensch da? War hier überhaupt alles echt oder bildete sie sich das ein?

»Auf einer Reise?«, wiederholte sie und ihre Stimme klang schwach. »Er kann doch nicht einfach weggefahren sein. Eine Reise! Das dauert doch längere Zeit. Das ist doch alles Quatsch!«

Der Historiker blickte Johanna an. »Ich verstehe dich gut. Aber du wirst mich nicht verstehen, wenn ich dir sage, dass dort, wo Jonas jetzt ist, die Zeit für ihn keine Bedeutung hat, sozusagen aufgehoben ist.«

Das war zu viel für Johanna. »Erzählen Sie mir keinen verdammten Mist!«, schrie sie.

Der Historiker schien ihr das nicht übel zu nehmen.

»Willst du nicht hereinkommen? Ich kann dir dann alles am Computer erklären.«

Zögernd trat Johanna ein. Den Bildschirm mit dem Kastell ließ sie nicht aus den Augen.

»Ich werde das Bild animieren«, schlug der Historiker vor. »Vielleicht entdecken wir deinen Bruder sogar im Kastell.«

Jetzt fand Johanna keine Worte mehr. Stumm starrte sie auf den Bildschirm.

Nach einigen Versuchen erschien der Burghof mit den Pferden und Reitern, von denen die Letzten durch das Tor zogen. War das ein Computerspiel?

Wenn das Wirklichkeit ist, bin ich verrückt, dachte Johanna. Trotzdem suchte sie unter den jungen Burschen nach Jonas. Einer fiel ihr auf: die gleiche Figur, die gleiche Haltung, der gleiche Gang. Aber Jonas hatte keine hellgrüne Hose und auch keine rote Jacke. – Und doch! Als sich der Junge zu dem Hund hinunterbeugte, den er an der Leine führte, sah Johanna sein Gesicht von der Seite. Gleich darauf war er im Freien zwischen den Reitern verschwunden.

»Da ist er!« Johanna war außer sich. Sie schrie den Historiker an: »Was haben Sie mit ihm gemacht? Holen Sie ihn sofort zurück!«

Der Historiker hob und senkte die Schultern. »Das liegt nicht in meiner Macht. Es war seine Entscheidung.«

»Aber Sie haben ihn dazu verführt. Ich kenne doch meinen Bruder mit seinem Mittelalter-Tick.«

»Gewiss, gewiss, das hat den Ausschlag gegeben. Aber es trifft sich immer alles, was sich treffen soll.«

Johanna hörte nur halb hin. »Er ist fort, weit fort«, jammerte sie.

»Ich habe dir gesagt, dass für ihn die Zeit aufgehoben ist. Ein paar hundert Jahre spielen keine Rolle. Ihn zurückholen kann ich nicht. Ich habe ihm geholfen, seinen Wunsch zu erfüllen. Und er wird mir helfen, eine schwierige Aufgabe zu lösen.«

»Eine Aufgabe? Was denn für eine Aufgabe? Hat er die einfach angenommen?«

Der Historiker gab keine klare Antwort. »Er wird auf seinem Weg alles finden, was er dazu braucht. Aber zurückfinden muss er alleine.«

»Und wenn er es nicht schafft?«, rief Johanna entsetzt.

Es entstand eine lange Pause. Dann sagte der Historiker: »Du könntest ihm helfen, wenn du willst. – Willst du?« Er lenkte Johannas Blick wieder auf das Kastell.

»Mich können Sie mit so einem Schloss nicht ködern«, schrie sie. »Das Kastell ist mir egal. Das ganze Mittelalter ist mir scheißegal. Nur Jonas nicht.« Und leise fügte sie hinzu: »Ich muss zu ihm.«

»Wenn du das wirklich willst, kann es geschehen«, sagte der Historiker und seine Stimme klang sanft und beruhigend. »Schau genau auf das Kastell! Mehr brauchst du nicht zu tun.«

Johanna suchte den Schlosshof noch einmal ab.

Ihren Blick heftete sie auf das Portal, durch das Jonas mit der Jagdgesellschaft verschwunden war.

»Jonas«, flüsterte sie.

Dann rutschte ihr das Bild weg und es erging ihr wie Jonas kurz zuvor: In einem Wirbel von Farben fühlte sie sich in das Kastell hineingezogen. Ihr wurde schwindlig und für einen Augenblick verlor sie das Bewusstsein.

Als sie aufwachte, befand sie sich in einem Raum unter lachenden, schwatzenden Mägden. Die einen waren damit beschäftigt, Rüben zu putzen und weiße Bohnen auszupellen. Die anderen rupften Hühner und Tauben.

Der Raum war nach drei Seiten hin offen. Die vierte Seite schloss an die Außenmauer des Kastells. Holzpfosten trugen ein schräg abfallendes Dach. Im Freien davor der Ziehbrunnen.

An den vielen Pfannen und Töpfen erkannte Johanna, dass sie sich in der Küche befand. Einen Herd gab es nicht, nur eine offene Feuerstelle. Darüber hingen riesige eiserne Kochgeschirre, die mit Ketten an den Dachbalken befestigt waren.

Das gerupfte Geflügel warfen die Mägde auf einen langen Tisch. Dort wurde es ausgenommen und mit gewürzter Leber gefüllt. Der Koch legte dann die Tauben, Rebhühner und Fasane in die

Pfannen über dem Feuer. Sie schmurgelten unter seinen wachsamen Augen und verbreiteten einen köstlichen Duft.

Keiner schien Johanna zu beachten, keinem schien aufzufallen, dass sie im Badeanzug... aber nein! Sie hatte ein Kleid an wie die andern Mägde auch: graublau aus grobem Leinen gewebt. Der Halsausschnitt und der Rocksaum waren mit einer weißen Borte eingefasst. Die langen Ärmel waren eng und unbequem. Eine dunkelblaue Schürze hatte sie auch umgebunden und ihre Füße steckten in knöchelhohen Schuhen aus dickem Filz.

Zu Hause hätte sie so was nie angezogen, aber seitdem sie am andern Ufer des Flusses gelandet war, kam ihr ohnehin alles rätselhaft und verquer vor.

Johanna merkte, dass sie Hunger hatte. Aber ihr wurde bald klar, dass sie von diesen leckeren Speisen nichts abbekommen würde. Bediente rannten hin und her und trugen alles in den Speisesaal des Kastells.

Und Jonas?, dachte Johanna. Der musste doch auch irgendwo in diesem Schloss sein. Ob er womöglich an der Tafel der Edelleute speisen durfte?

Aber sowohl Johanna in der Küche als auch Jonas in der Gesindestube bekamen das tägliche Essen der einfachen Leute: einen Brei aus Gerste oder Hirse.

Die älteste Küchenmagd sah Johanna mitleidig an und schob ihr noch eine Schüssel Milchsuppe hin. »Siehst mager aus.«

Mager war Johanna eigentlich nicht, nur sehr müde von den Erlebnissen des Tages. Am liebsten hätte sie sich in einer Ecke verkrochen und geschlafen. Als sie aber hörte, dass Gaukler und Spielleute erwartet wurden, war sie sofort hellwach. »Dürfen wir die sehen?«, fragte sie.

Die Mägde stießen sich an und kicherten. »Dürfen oder nicht«, erklärte eine von ihnen. »Wir kennen eine Wendeltreppe, die zu einem Quergang führt. Dort gibt es ein paar Gucklöcher in den großen Hof.«

»Nehmt mich mit!«, bat Johanna und dachte an Jonas.

Die Mägde kicherten wieder und nickten.

7. Der finstere Maluban

Es war Abend geworden. Die Edelleute hatten das Mahl beendet und versammelten sich im Burghof.

Bediente steckten Fackeln in die eisernen Halter im Mauerwerk. Die Flammen loderten auf und verbreiteten Dunst über dem Hof.

Aus der Ferne erklang Musik. Da verkündete der Kastellan: »Es beginnt! Die Spielleute kommen!«

Und Jonas?

Johanna war mit den Mägden die schmale steinerne Wendeltreppe hinaufgestiegen und hatte ein Guckloch gefunden, durch das sie den ganzen Hof überblicken konnte.

Jetzt zogen die Musikanten durchs Tor mit Flöten, Fiedeln, Trommeln und Rasseln. Hinter ihnen drängten Kinder herein. Sie trugen Narrenkappen mit Glöckchen, liefen auf ihren Händen und schlugen Purzelbäume quer durch den Hof.

Ein Mann in gelben Pluderhosen, einem bunten Wams und Schnabelschuhen trat in die Mitte, zog seinen Hut mit der langen Feder und kündigte an, was die Zuschauer alles zu sehen bekämen: »Messerwerfer und Feuerschlucker... Zauberer und Seiltänzer... Steinbeißer und ...«

»Und einen Bären!«, rief einer der Herren dazwischen.

Die Edelfrauen standen auf dem Balkon über dem Hof. Sie klatschten in die Hände und riefen: »Wir wollen den Tanzbären sehen!«

Der Mann, der die Gaukler angekündigt hatte, spreizte alle zehn Finger und ließ seine Hände kreisen. »Geduld, hochverehrte, hochedle Damen und Herren, Geduld! Der beste Tanzbär der Welt ist schon auf dem Weg. Er wird unverzüglich vorgeführt werden. Inzwischen haben wir die Ehre, die hochedlen Herrschaften mit allerlei Kurzweil zu unterhalten.«

Er verbeugte sich und ein Flötenspieler brachte ein Murmeltier herein, das sich nach seinen Klängen auf einer Kugel rundum drehte und dabei pfiff.

Ihm folgten Hunde, die wie feine Edelleute und Hofdamen gekleidet waren und auf zwei Beinen liefen.

Eine kleine Seiltänzerin in grellbuntem Rock und farbigen Tüchern machte Tanzschritte und Sprünge auf dem Seil. Zum allgemeinen Vergnügen versuchten drei Affen, die Tänzerin hinunterzuzerren, bis sie Hiebe bekamen und kreischend davonjagten. Das Mädchen hüpfte vom Seil, verbeugte sich und sammelte die Münzen auf, die ihm die Zuschauer zugeworfen hatten.

Die Fackeln überzogen den Hof mit immer dichterem Qualm. Die Sicht wurde für Johanna schlecht. – Jonas! War er überhaupt dort unten? Wahrscheinlich durfte er ebenso wenig an diesem Fest teilnehmen wie sie selbst.

Als der Feuerschlucker kam, ließ sich Johanna für kurze Zeit ablenken. Er schwenkte eine brennende Fackel und führte sie in seinen Mund. Gleich darauf zog er die erloschene Fackel heraus und spie das Feuer in einer langen Flamme aus seinem Mund.

»Wie macht er das?«, flüsterte Johanna der Magd neben sich zu. »Wieso verbrennt er sich dabei nicht?«

Die Magd zuckte mit den Schultern. »Gaukler können solche Sachen. Die schlucken auch Schwerter und verbluten nicht. – Aber schau, der Bär!«

Er tappte herein, braun und zottig. Zwei Männer begleiteten ihn; der Bärenführer und der Musikant. Als der Spielmann seine Fiedel ansetzte, begann sich der Bär zu wiegen und zu drehen. Es war aber immer die gleiche Melodie, die der Spielmann fiedelte, und es waren die gleichen Schritte, die der Bär hin und her und rundum machte. Das wurde den Zuschauern bald langweilig. Sie warfen den Schaustellern ihre Münzen zu und verlangten nach einer neuen Attraktion.

Der Bär trottete mit seinem Führer durchs Tor hinaus; der Spielmann sammelte eilig die Münzen auf und folgte fiedelnd und tanzend.

Der Mann in der gelben Pluderhose musste jetzt die nächste Nummer ansagen – aber er zögerte. Unschlüssig sah er sich nach dem Kastellan um und flüsterte mit ihm.

Da trat der Kastellan selbst vor und rief: »Edle Damen und Herren, wir haben die Ehre, den großen Meister Maluban heute Abend als Gast des Herzogs unter uns zu sehen. Auf allerhöchsten Wunsch ist er bereit, uns mit seiner Kunst zu erfreuen.«

Einige Minuten lang herrschte Schweigen. Es kam Johanna vor, als sei die Gesellschaft sogar betroffen. Die Herren steckten die Köpfe zusammen und die Damen flüsterten miteinander.

Dann erschien Maluban. Mit langsamen Schritten durchmaß er den Hof. Seine hohe Gestalt umwallte ein schwarzer Umhang und sein Gesicht war durch einen breitkrempigen schwarzen Hut halb verdeckt.

Bei seinem Anblick schreckte Johanna zusammen. Ihr schien, dass sich das Licht der Fackeln plötzlich verdüstert hatte. Sie spürte einen kalten Lufthauch, der ihr einen Schauder über den Rücken jagte, und sie presste beide Hände an ihr Herz.

Maluban machte eine knappe Verbeugung. Dann umrundete er den Schacht in der Mitte des Hofs und schlug mit seinem Stab auf die niedrige Mauer, die ihn begrenzte. Im gleichen Augenblick loderte eine Feuersäule aus der Tiefe.

Dieses Schauspiel erregte Bewunderung und Erstaunen, aber Maluban wehrte ab. Hochmütig blickte er über die Zuschauer und sagte: »Nur eine geringe Probe meiner Kunst.« Mit einem Schlag auf den Rand des Schachts löschte er das Feuer.

Dann stellte er sich unter den Balkon und fragte: »Welche von Euch hochedlen Frauen will mir ein Geschmeide übergeben, das ich verschwinden lasse und wieder herbeizaubern werde?«

Die Frauen steckten die Köpfe zusammen. Eine von ihnen löste schließlich ihre Halskette und warf sie dem Magier zu. Es war eine Perlenkette mit einem Anhänger aus wertvollen Steinen. Maluban hielt die Kette zwischen Daumen und Zeigefinger, schritt damit in die Runde und plötzlich, mit einer raschen Bewegung, warf er sie hoch über seinen Kopf. Sie schwebte einen Augenblick in der Luft und löste sich dann in nichts auf.

Murmeln und Unruhe wurden laut. Maluban schaute verächtlich um sich.

»Wozu die Aufregung?«, rief er. »Vielleicht ist der Herr Kastellan so gnädig, in seine rechte Rocktasche zu fassen.«

Alle Augen richteten sich auf den Kastellan, der ratlos und kopfschüttelnd das Geschmeide aus seiner Tasche zog.

Maluban nahm den Beifall gleichmütig entgegen und bereitete schon seine nächste Nummer vor.

Er schnippte mit den Fingern und zwei Gehilfen trugen einen Tisch herein, auf dem ein Käfig mit fünf weißen Tauben stand. Maluban zog einen Schlüssel aus der Tasche, schloss den Käfig ab und schleuderte den Schlüssel in den runden Schacht. Dann bedeckte er den Käfig mit einem schwarzen Tuch.

Nach einigen beschwörenden Gesten zog er das Tuch wieder ab: Der Käfig war leer.

»Meinst du, der kann echt zaubern?«, flüsterte Johanna ihrer Nachbarin zu.

Die nickte. »Wie sollt' es sonst gehn?«

»Es könnte aber ein Trick sein«, meinte Johanna.

Das Mädchen sah sie verständnislos an. »Ein Trick? Was ist das? Du redest aber seltsam.«

Ein Trick, ein Trick! Ach so, das war ein Wort aus Johannas Welt. Ein Wort, das es hier offenbar nicht gab.

»Ein Betrug, eine List«, versuchte sie zu erklären.

Aber der Magd war es ohnehin gleich, wie sie das Spektakel nannte. Ihr gefiel es so oder so.

Jetzt forderte Maluban die Gesellschaft auf, sich zu überzeugen, dass die Tauben wirklich verschwunden waren.

»Keine Augentäuschung, keine Gaukelei! Wer tritt näher?«

Der Kastellan fand sich bereit. Er fasste zwischen die Stäbe des Käfigs und nickte. »Tatsächlich leer.«

Maluban nahm den Beifall wie zuvor mit einer knappen Verbeugung entgegen und legte das schwarze Tuch wieder über den Käfig. Erst als der Kastellan auf seinen Platz zurückgegangen war, begann er mit seinen Beschwörungsformeln.

Er murmelte dunkle Worte, die keiner verstand, die aber großen Eindruck auf alle machten.

Als er endlich das Tuch abzog, gurrten und flatterten die fünf Tauben wieder im Käfig.

Zum Beifall klatschten die Edelfrauen mit ihren Fächern sacht in die Hände und die Herren nickten bewundernd.

Nur Johanna war beunruhigt. Sie fasste die Magd neben sich am Ärmel.

»Der Schlüssel ist weg! Wie kommen die armen Tauben wieder raus in die Freiheit?«

Die Magd berührte das nicht. In der Küche hatte sie gelernt, dass Tauben dazu da waren, geschlachtet, gerupft und gebraten zu werden. – Freiheit! Wozu brauchten die Freiheit? Sie wusste ja selbst kaum, was das war.

Johanna starrte hinunter in den Hof. Sie ließ den Käfig mit den Tauben nicht aus den Augen. Sie sah, dass er fortgetragen und in eine Mauernische gestellt wurde.

Auf ein Zeichen von Maluban wurde ein zweiter Käfig hereingeschleppt. Ein Junge kauerte darin; ein Junge in grünen Leinenhosen und einer roten Samtjacke – Jonas!

Jonas, Jonas! Johanna wollte es hinausschreien, aber ihre Kehle war wie zugeschnürt. Sie brachte keinen Ton heraus. Trotzdem schien es ihr, als werfe Maluban einen scharfen Blick hinauf zu ihrem Ausguck.

»Zappel doch nicht so«, sagte die Magd neben ihr. »Ich will sehen, was jetzt geschieht.«

Das wollte Johanna auch und sie musste ruhig bleiben, ganz ruhig. Sie durfte sich nicht verraten und Jonas in Gefahr bringen. Denn dass er in Gefahr war, stand für sie fest.

Und das Schreckliche geschah sofort: Mit einem hämischen Lachen verschloss Maluban den Käfig und warf auch diesen Schlüssel in den tiefen Schacht.

Dann ging es wie mit den Tauben: Meister Maluban ließ Jonas verschwinden und wieder in den Käfig zurückkehren.

Diesmal dankte er für den Beifall mit einer tiefen Verbeugung, ließ den Käfig mit Jonas neben die Tauben in die Mauernische stellen und schritt aufrecht mit wehendem Umhang aus dem Tor.

8. Befreiung

Im Hof wurde jetzt die Bühne für die Puppen-spieler aufgestellt. Sie führten ein Ritterspiel auf, bei dem zwei Ritter zu Pferd mit ihren Lanzen auf-einander losstürmten.

Aber Johanna hatte keinen Blick mehr dafür. »Ich muss hinunter!«, rief sie und wollte zur Wen-deltreppe rennen.

Die Mägde hielten sie fest. »Was bildest du dir ein? Von uns darf keine in den Burghof. Sie werden dich hinausprügeln.«

Was sollte sie tun? Wie konnte sie erklären, dass sie zu Jonas musste? Keiner würde sie verstehen. Und die Mägde hatten sicher Recht: Man würde sie im Burghof bei den Herren nicht dulden; als Mäd-chen nicht und schon gar nicht im Gewand einer Küchenmagd.

Während die andern begierig das Puppenspiel verfolgten, hockte Johanna auf dem kalten Stein-boden. Ihre Gedanken drehten sich im Kreis:

Du musst doch spüren, dass ich da bin, Jonas. Ganz nah bin ich. Ich hol dich raus ... Wenn die

Gaukler fort sind … Wenn der Hof leer ist … Ich muss es schaffen … Ich muss, ich muss!

Angst überfiel sie. Der Schlüssel! Der Schlüssel zum Käfig lag in diesem Schacht! – Und was ist, wenn sie Jonas schon fortgeschleppt haben? Warum, warum ist er eingesperrt? Was hat er getan?

Als die Fackeln endlich gelöscht wurden und die Spielleute aus dem Burgtor zogen, stolperte Johanna mit den Mägden hinunter. Einige suchten sich ihren Schlafplatz im Stroh bei den Pferden, andere streckten sich auf einer Bank in der Küche aus.

Johanna wartete, bis alle eingeschlafen waren, dann tastete sie sich zu der Tür, durch welche die Bedienten die Speisen hinausgetragen hatten. Sie war offen und führte in den Burghof.

Der Burghof mit der achteckigen Grundfläche und dem kreisrunden Schacht in der Mitte lag in völliger Stille. Das Burgtor war verschlossen. Draußen standen die Wächter auf ihre Lanzen gestützt.

Es war eine klare Nacht. Im Sternenlicht schimmerten die Stäbe der beiden Käfige. Johanna seufzte vor Erleichterung, als sie Jonas sah, und überquerte den Hof mit vorsichtigen Schritten. Die Tauben hatten die Köpfe in ihre Federn gesteckt und schliefen. Jonas kauerte zusammengesunken in dem engen Käfig.

Johanna trat heran und flüsterte seinen Namen. Da schreckte er auf. »Nein! Nein! Lasst mich! Quält mich nicht! Ich hab euch nichts getan.«

Johanna kämpfte mit den Tränen. »Jonas, ich bin's, Johanna.«

Jonas fasste seinen Kopf mit beiden Händen und jammerte: »Fort, fort! Mein armer Kopf. Ich werde verrückt.«

»Jonas, hör mich doch! Ich bin kein Gespenst. Ich bin's wirklich. Das musst du glauben.«

Um ihm den Beweis zu geben, nannte sie ihm den Weg, den sie seinetwegen zurückgelegt hatte: über den Fluss, durch die Stromschnellen, durch die Ruine zum Historiker bis hierher.

»Nimm meine Hand, damit du mich fühlen kannst«, sagte sie.

Allmählich begriff Jonas, dass es wirklich seine Schwester war, die ihn gefunden hatte.

Johanna überlegte fieberhaft, wie sie diesen Käfig knacken könnte. Sie versuchte, die Stäbe auseinander zu biegen, aber es war aussichtslos.

»Ich schau mal, wie tief der Schacht ist«, sagte sie. »Vielleicht kann ich den Schlüssel rausholen.«

Da löste sich ein Schatten von der Mauer und eine junge Stimme sagte: »Das schaffst du nie, nicht ohne mich.«

Aus!, dachte Johanna. Jetzt ist es aus. Aber

Jonas' Augen leuchteten. »Guntram!« Seine ganze Hoffnung lag in diesem Namen. Auch Johanna schöpfte Mut, als sie erfuhr, wer Guntram war und dass er ihnen helfen wollte.

Guntram betrachtete Johanna und schüttelte den Kopf. »Wo kommst du denn plötzlich her? – Noch so ein Rätsel!«

»Überhaupt kein Rätsel«, sagte Johanna. »Ich bin seine Schwester.«

»Seine Schwester!«, rief Guntram. »Wieso seid ihr alle beide hier aufgetaucht? Woher kommt ihr? Das möcht ich schon wissen. Aber...«, er unterbrach sich, »dazu ist jetzt keine Zeit. Jonas muss schnell raus aus dem Käfig.«

Guntram hatte ein Seil um seinen Kittel geschlungen, das wickelte er ab. »Werkzeuge zum Aufbrechen hab ich nicht. Aber mit dem Seil kann ich dich runterlassen.«

»Ich bin übrigens die Johanna«, sagte sie und war sofort bereit, in den Schacht zu steigen. »Aber wie kann ich in der Dunkelheit einen Schlüssel finden?«

Guntram deutete zum Himmel. »Zur Mitternacht steht der Sirius genau senkrecht über dem Schacht. Siehst du den hellen Stern über uns?«

Johanna nickte und Guntram sagte: »Man erzählt sich eine geheimnisvolle Geschichte über diesen Stern und den runden Schacht im Burghof. Man sagt, in dem Schacht hat immer eine Quelle gesprudelt. Zur Mitternacht spiegelte sich der Sirius darin und dadurch bekam das Wasser eine besondere Kraft.«

»Eine besondere Kraft?«, fragte Johanna. »Hat es Krankheiten geheilt, oder was?«

»So genau weiß ich das nicht. Ich weiß nur, dass die Leute drunten aus dem Dorf kamen, um aus der Quelle zu schöpfen. Alle spürten, dass das Wasser frei und glücklich machte.«

»Und dann?«

»Dann hat der Herzog plötzlich verboten, aus der Quelle zu schöpfen. Die Burgtore wurden geschlossen und bewacht. Keiner von draußen durfte ohne besondere Erlaubnis in den Burghof.«

»Aber warum wurde es verboten und wieso ist jetzt kein Wasser mehr drin?«, wollte Jonas wissen.

»Keiner von uns versteht das. Eines Morgens war die Quelle versiegt. Das ist noch nicht lange her.«

»Einfach so?«, fragte Johanna.

Guntram nickte. »Im Kastell geht das Gerücht um, jemand habe einen Fluch darüber gesprochen. Jetzt suchen sie nach dem Schuldigen. – Aber komm!«

Er führte Johanna an den Schacht und knüpfte ihr das eine Ende des Seils um die Brust.

»Ich würde viel lieber selbst runtersteigen, aber am Seil bin ich für dich zu schwer. Du bist leichter als ich.«

Jonas in seinem Käfig beobachtete die Vorbereitungen besorgt. »Lass sie bloß nicht abstürzen!«

Johanna ließ sich vorsichtig in das Loch gleiten. Die Wände waren so glatt, dass ein Hinuntersteigen ohne Seil fast unmöglich war. Guntram seilte sie ganz langsam ab und nach einigen Metern hatte sie Boden unter den Füßen.

Es war Mitternacht. Das Licht des Sirius leuchtete in die Tiefe und da – in seinem Schein schimmerte ein Schlüssel.

»Ich hab ihn!«, rief Johanna hinauf. »Du kannst mich raufziehen.« Als sie oben war, stieg sie über den Rand des Schachts und lief sofort zu Jonas, um den Schlüssel in seine Käfigtür zu stecken – er passte nicht!

Sie hatte nicht bedacht, dass Maluban zwei Schlüssel hinuntergeworfen hatte. Der Schlüssel in ihrer Hand gehörte zum Taubenkäfig.

So musste Johanna ein zweites Mal hinuntersteigen. Der Strahl des Sirius beleuchtete aber nur eine kleine Fläche. Darüber hinaus lag der Grund des Schachts im Dunkeln.

Johanna tastete den Boden nach allen Seiten ab – nichts!

»Ohne Licht find ich ihn nicht«, rief sie zu Guntram hinauf. »Eine Taschenlampe wäre jetzt praktisch.«

Was jetzt praktisch wäre, verstand Guntram nicht. Er sagte: »Warte! Ich wickle das Ende meines Seils um einen Stein und hole was.«

Er lief in die Küche und fand ein Talglicht; einen kleinen Tontopf mit Rinderfett, in dem ein Docht steckte. An der glühenden Holzkohle der Feuerstelle zündete er das Licht an, setzte es in ein Körbchen, lief zurück und ließ es an einer Schnur zu Johanna hinunter.

»Beeil dich!«, rief er ihr zu.

Aber Johanna war viel zu aufgeregt, um noch planvoll suchen zu können. Das Talglicht gab wenig Helligkeit. Der Docht war bald nur noch ein verkohlter Stummel und konnte jeden Augenblick verlöschen. Da entdeckte Johanna in einem letzten Aufflackern des Lichts den Schlüssel. Er lag versteckt in einer Steinmulde.

Jetzt musste alles sehr schnell gehen. Guntram zog Johanna herauf. Er war besorgt, dass sie am Ende noch überrascht werden könnten.

Jonas kroch mühsam aus seinem Gefängnis. »Steif, total steif«, klagte er und reckte sich.

Wenn er es nicht komisch gefunden hätte, wäre er Johanna um den Hals gefallen. So aber boxte er sie ein bisschen und sagte: »Du bist klasse!«

Guntram blickte sich unruhig um. »Wir können hier nicht bleiben. Im Hof werden sie uns bald entdecken. Kommt mit in den Falkenturm. Da kann ich euch sagen, was ihr noch wissen müsst.« Er zog das Tor zum Turm auf.

Durch Luftschlitze in der Mauer drang spärliches Mondlicht. Sie erkannten die Umrisse der Vögel, die auf ihren Blöcken schliefen. Von Zeit zu Zeit schüttelte einer das Gefieder und spähte mit glänzenden Augen herüber. In einer Ecke stand eine Holzbank; Guntrams Schlafplatz.

»Setzt euch«, sagte er, »hier hört uns keiner.«

Und er erzählte:

»Dass dieser Maluban gefährlich ist, habt ihr selbst erlebt. Die Spielleute benutzt er nur, um von Zeit zu Zeit mit ihnen durchs Land zu ziehen. Da kann er in den Burgen und auf den Märkten spionieren.«

»Spionieren? Wozu denn spionieren?«, wollte Johanna wissen.

Guntram erklärte:

»Niemand wird im Land geduldet, der sich der Herrschaft nicht unterwirft. Niemand darf Freunden helfen, denen durch einen hohen Herrn Unrecht geschehen ist. So etwas spürt Maluban auf und meldet es dem Herzog. Er hat sich sein Vertrauen erschlichen. Der Herzog trifft keine Entscheidung ohne ihn. Selbst den Bischof hat er auf seine Seite gebracht, weil er es versteht, sich für einen frommen Christen auszugeben.«

»Und keiner merkt, was für ein fieser Typ das ist?«

»Ein was?« Guntram sah Johanna verständnislos an und sie winkte schnell ab. »Nur so!«

»Jedenfalls«, fuhr Guntram fort, »behandeln ihn auch die andern hohen Herrschaften mit Respekt. Ich glaube sogar, dass sie ihn fürchten.«

»Meinst du, dass Jonas ihm verdächtig vorkam?«, fragte Johanna.

Guntram lachte. »Ich war zuerst auch misstrauisch. Er denkt anders als wir und er kennt die einfachsten Dinge nicht.«

»Aber der Käfig?«, wollte Johanna wissen.

»Hier wird jeder eingesperrt, der Aufruhr stiftet.«

»Aufruhr?«

»Du fragst zu viel«, sagte Guntram. »Was ich weiß, habe ich euch erzählt. Jedenfalls ist Maluban reich und mächtig. Er geht beim Herzog ein und aus und steht unter seinem Schutz.«

»Und was hat er gegen Jonas?«

»Er hat ihn beobachtet. Ich hab gehört, wie er gesagt hat: ›Dieser Knabe ist eine Gefahr. Er bringt falsche Gedanken aus einer fremden Welt zu uns. Wenn er frei herumläuft, wird er unsere Leute ungehorsam und aufsässig machen.‹«

Jonas hatte gespannt zugehört. »So allmählich kann ich mir zusammenreimen, was da gelaufen ist. Zuerst war der Kerl honigsüß zu mir. Er kam in die Gesindestube und hat mir angeboten, sein Zaubergehilfe zu sein. Ich sei genau der Richtige für diese Kunst.«

»Und das hat dir geschmeichelt«, warf Johanna ein.

»Ich war doch blöd. Der wurde nämlich ganz gemein. Hat mich in sein Zelt gezerrt und ein richtiges Verhör angestellt: Wer ich bin. Woher ich komme. Wer mir den Auftrag gegeben hat, die Menschen aufzuhetzen. Wo die geheimen Briefe sind, die ich eingeschmuggelt und versteckt habe. Und er hat behauptet, dass ich der Spitzel einer feindlichen Macht bin.«

»Aber du? Was hast du gesagt?«, wollte Johanna wissen.

»Ich habe gesagt, dass das nicht stimmt, aber er hat immer ›Lüge, Lüge‹ gezischt.«

Jonas holte tief Luft, ehe er fortfuhr: »Flüchten war unmöglich. Es waren noch zwei andere dabei; üble Kerle, ganz bleich mit stechenden Augen. Sie waren immer auf dem Sprung, mich zu packen. Die haben mich in den Käfig gesperrt. – Was Maluban dann gemacht hat, habt ihr selbst gesehen.«

»Dass du verschwunden warst, ist aber bestimmt ein Trick gewesen«, meinte Johanna.

Jonas schüttelte den Kopf. »Kein Trick. Bei dem nicht. Guntram hat Recht. Der ist kein harmloser Zauberkünstler. Ich hab's gespürt. Eine dunkle Macht geht von dem aus. Die zwingt einen richtig.«

Er wandte sich an Guntram. »Ich weiß nicht, was er ausgerechnet von mir will. Habe ich was falsch gemacht?«

Guntram suchte nach der richtigen Antwort. »Wahrscheinlich hast du es selbst nicht gemerkt. Aber du hast wirklich seltsame Sachen gesagt: Dass es nicht richtig ist, dass wir in der Gesindestube nur Gerstenbrei kriegen und die Edelleute sich mit Rebhühnern und Fasanen die Bäuche voll schlagen. Dass keiner vor dem Höheren einen Kniefall machen soll. Dass jeder frei heraus sagen darf, was er denkt ...«

»Stimmt doch, oder?«

Guntram zuckte mit den Schultern. Solche Gedanken passten nicht in seine Welt. Trotzdem gefielen ihm die Geschwister und er wollte sie vor Maluban schützen.

»Ich hasse ihn, ich hasse ihn!«, stieß er heraus.

Jonas war bestürzt. So hatte er den besonnenen Guntram noch nicht erlebt. Was war zwischen ihm und Maluban geschehen?

»Ihr sollt wissen, was er mir angetan hat«, sagte Guntram. »Mir und unserer ganzen Familie: Mein Vater hatte eine hohe Stellung am Hof des Herzogs. Er war beliebt und angesehen. Aber Maluban war neidisch. Er gönnte ihm das Vertrauen des Herzogs nicht.«

»Und weiter?«, fragte Jonas.

»Etwas Schlimmes hat sich ereignet. Die Schmuckschatulle der Herzogin war aufgebrochen worden. Und weil mein Vater Zugang zu allen Gemächern im Schloss hatte, brachte es Maluban fertig, ihn beim Herzog zu beschuldigen.«

»Und der Herzog hat ihm geglaubt?« Johanna war empört.

»Er vertraut Maluban blind. In allen Dingen.«

»Man konnte deinem Vater doch bestimmt nichts nachweisen«, sagte Jonas.

»Trotzdem. Das Vertrauen war erschüttert. Die Ehre meines Vaters war beschmutzt. Das hat er nicht ertragen. Er hat die Heimat verlassen.«

Guntram blickte zu Boden. Tränen standen in seinen Augen.

Johanna war voller Mitleid. »Bist du jetzt ganz allein?«

»Ich habe noch vier Geschwister. Ihr könnt euch vorstellen, wie sehr sich meine Mutter grämt.«

»Wisst ihr, wo sich dein Vater aufhält?«

Guntram schüttelte den Kopf. »Vielleicht hat er einen Dienstherren auf einer entfernten Burg gefunden. Wir wissen es nicht.« Und Guntram schloss: »Am liebsten würde mich Maluban auch fortjagen, aber der Falknermeister schützt mich.«

Den Geschwistern tat Guntram unendlich Leid. Es wurde ihnen auch immer klarer, in welcher Gefahr sie sich selbst befanden und dass nur Guntram ihnen helfen konnte.

»Jetzt habe ich euch gesagt, was ich weiß.« Guntram führte die Geschwister wieder in den Hof und deutete auf den ausgetrockneten Schacht. »Ich wollte wissen, wohin er führt, und habe mich heimlich an einer Stange hineinrutschen lassen. Da hab ich einen engen Gang gefunden, durch den das Quellwasser abgeflossen ist. Wenn man schmal ist, kann man durchkriechen. Ich hab's ausprobiert. Der Gang führt ins Freie.«

»Du meinst, wir sollen da durch?«, fragte Johanna.

Guntram nickte. »Es ist der einzige Ausweg aus dem Kastell. Alle anderen sind bewacht. Maluban wird euch bestimmt verfolgen. Wahrscheinlich weiß

er längst, dass Jonas nicht allein ist. – Übrigens ...«,
er reichte Johanna einen Beutel, »hier ist was zu
essen. Ihr werdet es brauchen. Hab vom Mahl der
Herren was beiseite geschafft, Brot und zwei Fasa-
nenschenkel.«

»Und Licht?«, fragte Jonas.

»Stimmt, da unten ist's finster. Am hellsten
leuchten natürlich Fackeln, aber die könnt ihr in
dem engen Gang nicht gebrauchen. Die qualmen
zu stark, da bekommt ihr keine Luft. Ihr müsst das
Talglicht nehmen.«

Johanna warf einen Blick auf den verkohlten
Docht. »Diese Funzel?«

»Ich stecke einen neuen Docht in den Talg.
Wenn ihr unten seid, lasse ich euch das brennende
Licht hinunter.«

»Und ein paar Streichhölzer, falls es ausgeht«,
schlug Johanna vor.

»Streich-hölzer?«, wiederholte Guntram. »Was
soll das sein?«

Streichhölzer! War es möglich, dass es so was
Einfaches wie Streichhölzer noch nicht gab?

Guntram war in die Küche geschlichen, um das
Talglicht zum Brennen zu bringen. Von einem Lumpen riss er einen dünnen Streifen ab, zwirbelte ihn zu
einem Docht und steckte ihn tief in den noch weichen Talg. Dann entzündete er ihn an der Feuerstelle.

»Und jetzt los! Ich lasse euch hinunter.«

Zuerst seilte er Jonas ab, dann half er Johanna das Seil umzulegen. Sie spürte, dass er ganz behutsam mit ihr umging, und für einen Augenblick war sie trotz aller Gefahr beinahe glücklich.

Ehe sie über den Rand des Schachts stieg, fiel ihr noch etwas ein: »Die Tauben! Du musst sie frei lassen. Versprichst du das?«

Freilassen! Tauben! Das konnte Guntram nicht einsehen. Dann aber kam ihm eine Idee: »Ist gar nicht so dumm. Ich lasse beide Käfige offen und werfe die Schlüssel wieder in den Schacht. Da soll Maluban mal rauskriegen, wie das zusammenhängt!«

Als Johanna und nach ihr auch das Körbchen mit dem brennenden Talglicht unten angekommen war, rief sie zu Guntram hinauf: »Okay!« Und verbesserte sich gleich: »Ich meine: Alles in Ordnung. Und danke, Guntram.«

Sie schauten beide nach oben und sahen noch einmal Guntrams Kopf, der sich gegen den Sternenhimmel abhob.

9. Auf der Flucht

W arte!« Johanna leuchtete über den Boden.
Sie hatte etwas entdeckt, das ihr bei der Suche
nach den Schlüsseln entgangen war: Am Eingang
zu dem schmalen Gang, in den sie gleich kriechen
mussten, lag eine Metallplatte. Sie war rund und
sah aus wie eine große Münze.

»Da ist was eingraviert«, stellte Johanna fest.

Jonas beugte sich über die Platte. »Seltsam«, sagte
er. »Weißt du, an was mich das erinnert?«

Das Zeichen auf der Platte glich dem großen S
aus der alten Handschrift, die ihm der Historiker
gezeigt hatte. Aber es gab einen Unterschied: Auf
der Platte lief der obere Bogen des S in einem
Schlangenkopf aus.

Er erklärte es Johanna. »Ob das irgendwie miteinander zu tun hat?« Sein erster Gedanke war, die
kleine Platte einzustecken, aber er legte sie wieder
auf den Boden. »Wer weiß, vielleicht sitzt da ein
böser Zauber drin.«

Johanna musste lachen. »Glaubst du plötzlich
was? Komm weiter!«

Sie krochen in den Fluchtweg und tasteten sich vorwärts. Das Talglicht beleuchtete den engen Gang nur spärlich und drohte bei jedem Luftzug auszugehen.

Der Weg ging leicht bergab. Eine Weile krochen die Geschwister schweigend weiter. Der Gang erschien endlos.

Johanna verlor die Geduld. »Jonas, schau doch mal nach deiner Uhr, wie lange wir schon unterwegs sind.«

»Soll das ein Witz sein?«, antwortete Jonas. »Auf meiner Uhr ist es immer noch Viertel nach zwei. Stehen geblieben, als ich bei der Ruine ankam.«

»Ist deine Uhr denn wasserdicht?«, fragte Johanna. »Meine nicht.«

»Meine schon! Bin ja oft mit ihr schwimmen gewesen.«

»Ich hab überhaupt kein Gefühl mehr für Zeit«, sagte Johanna. »Keine Ahnung, ob ich vor einer Stunde oder einer Woche drüben losgeschwommen bin.«

Jonas ging es ebenso.

Da endlich, ganz fern, zeigte sich ein Lichtschein, der durch eine Öffnung drang.

»Der Ausgang!«, rief Jonas.

Je näher sie kamen, desto größer wurde die Öffnung, die ins Freie führte. »Na also«, sagte Jonas.

Aber wo waren sie? Im ersten Tageslicht konnten sie erkennen, dass der Ausgang des Fluchtwegs in dichtem Gestrüpp verborgen lag.

»Es raschelt«, flüsterte Johanna. »Schlangen!«

»Quatsch! Du mit deiner Angst vor Schlangen.«

Ein Igel trippelte durchs Unterholz. Als er seinen Schlafplatz für den Tag gefunden hatte, lag er ganz still. Sie hörten ihn aber noch schnaufen.

»Da rennt was!« Johanna sah dem jungen Fuchs nach, den sie aufgescheucht hatten.

»Siehst du«, sagte Jonas, »alles noch reine Natur.«

Als sie sich ein Stück weit durchgekämpft hatten, lag eine Wiese vor ihnen mit einem klaren Bach, der über weiße Kieselsteine rieselte.

»Hier bleiben wir erst mal!«, rief Johanna und warf sich ins Gras.

»Hab ich einen Durst!«, sagte Jonas. »Das Wasser ist bestimmt sauber.« Er kniete sich ans Ufer und schöpfte mit beiden Händen Wasser. »Probier mal! Schmeckt prima. Anders als aus der Leitung.«

Auch Johanna fühlte sich ausgetrocknet. Sie legte sich quer über die Böschung und schlürfte das Wasser direkt mit dem Mund aus dem Bach.

Dann hockten sie sich nebeneinander und packten aus, was ihnen Guntram in den Beutel gesteckt hatte: Brot und die Fasanenkeulen vom Tisch der Edelleute.

»Fasan hat's bei uns noch nie gegeben«, sagte Jonas und biss in einen Schenkel.

Sie aßen mit Heißhunger. Zwischendurch tranken sie Wasser aus dem Bach.

Als sie fertig waren, streckte sich Jonas lang aus. »Ich bin schrecklich müde.«

»Ich auch.« Johanna wollte sich gerade neben Jonas ausruhen, als sie den Mann sah, der über das Feld kam. Erschreckt duckte sie sich ins hohe Gras. »Jonas! Da kommt jemand.«

Von weitem näherte sich ein Bauer in einem kurzen Leinenkittel mit einem Spaten über der Schulter. Er begann, das Feld am andern Ende umzugraben. Langsam kam er näher und näher auf sie zu.

»Wenn wir wegrennen, entdeckt er uns«, flüsterte Jonas.

Lang ausgestreckt lagen sie im hohen Gras. Käfer krabbelten an den Halmen hoch und Mücken sirrten um sie herum. In ihrer Angst wagten sie kaum zu atmen. Als Jonas aber von einer Mücke mitten auf die Stirn gestochen wurde, schlug er zu, und sie waren verraten.

Der Bauer kam sofort angelaufen und betrachtete sie voller Misstrauen.

»Landstreicher!«, knurrte er. »Was treibt ihr hier?«

»Wir sind keine Landstreicher«, widersprach Johanna. »Wir brauchen Hilfe. Wir haben uns verirrt.«

Den Bauer beeindruckte das aber nicht, deshalb setzte sie kühn hinzu: »Außerdem sind wir ausgeraubt worden. Seht selbst, wir besitzen nichts mehr.«

»Außer unserem Leben«, ergänzte Jonas.

Der Bauer musterte die Geschwister mit zusammengekniffenen Augen. »Ihr habt weder Sack noch Bündel«, stellte er fest. »Lügt ihr auch nicht? Seid ihr wirklich ausgeraubt worden?«

»Ausgeraubt«, hauchte Johanna und machte ein so jämmerliches Gesicht, dass sich Jonas das Lachen verkneifen musste.

Der Bauer wurde zugänglicher. »Eine schlimme Zeit«, sagte er. »Das Gesindel lauert den Reisenden an allen Ecken auf. Woher kommt ihr?«

»Von dem Falkenschloss mit den acht Türmen«, antwortete Jonas.

»Und wohin wollt ihr?«

»Nach Hause«, sagte Johanna ganz kläglich, und das war nicht nur gespielt.

Erst jetzt fiel dem Bauern die vornehme Kleidung von Jonas auf, die rote Samtjacke und die feinen Lederstiefel. Er glaubte, einen jungen Edelmann mit seiner Dienerin vor sich zu haben, und

wurde sehr verlegen, weil er ihn für einen Landstreicher gehalten hatte.

»Verzeiht, gnädiger Herr, wir sind arme Leut. In
diesen schlimmen Zeiten muss unsereins um seine
Sicherheit fürchten.«

»Ihr könnt ganz beruhigt sein, guter Mann«,
sagte Jonas. »Wir sind selbst in Not. Außerdem:
Ich bin kein gnädiger Herr. Ich heiße Jonas und das
ist meine Schwester Johanna.«

Jetzt war der Bauer völlig verwirrt. Sie mussten
versuchen, ihm ihre Lage wenigstens ein klein wenig glaubhaft zu machen, denn sie brauchten seine
Hilfe dringend.

Johanna holte tief Luft und sagte: »Wir sind in
Gefahr. Wir werden nämlich verfolgt.«

»Verfolgt?«, wiederholte der Bauer.

»Von einem unheimlichen Menschen«, sagte Johanna. »Er war im Schloss und hat Zauberkunst-
stücke gemacht.«

»Aber das war nur Tarnung«, erklärte Jonas.

Der Bauer schlug ein Kreuzeichen und flüsterte einen Namen: »Meister Maluban!«

Johanna wechselte einen Blick mit Jonas und
sagte: »Wenn man ihn so nennt …«

»Der Herr bewahre euch! Dann seid ihr wirklich
in Gefahr. Aber ich … ich muss mich hüten, darf
nichts mit euch zu tun haben, komme sonst selbst

in Gefahr. Das Böse lauert überall, überall. – Zieht eurer Wege und lasst mich in Frieden.« Damit wandte er sich um.

»Geht nicht, bitte geht nicht!«, rief Jonas und zog Johanna dicht an sich. Verlassen und schutzlos standen sie da und wussten nicht, wie es weitergehen sollte.

Da plötzlich änderte sich die Haltung des Bauern. Er blieb stehen, wandte den Kopf und horchte. Horchte auf das Hufgeklapper, das in der Ferne erklang.

»Versteckt euch, schnell!«, flüsterte er. Er wies auf eine Grube, in die die Geschwister hineinsprangen. Dann packte er seinen Spaten und fuhr fort, den Acker umzugraben.

Gleich darauf kamen die Reiter über den holprigen Weg getrabt. Zuerst einer allein, ihm folgten zwei weitere auf schwarzen Pferden. Zwischen diesen beiden war eine Tragsänfte mit Lederriemen befestigt.

Der Vorreiter schrie den Bauern an: »Heda, Dummkopf, komm her!«

Der Bauer stieß seinen Spaten in die Erde und näherte sich dem Gefährt unterwürfig.

Aus dem Dunkel der Sänfte kam eine scharfe Stimme, die den Geschwistern wohl bekannt war. »Wo ist der Knabe mit dem roten Wams?«

»Hochedler Herr«, antwortete der Bauer und die Knie zitterten ihm, »einen solchen habe ich nicht gesehen.«

»Und die Dirne, die bei ihm ist? Besinne dich, Bauer!«

»Von einer Dirne weiß ich nichts.«

»Geh auf den Markt! Dort wird ein Befehl ausgehängt. Wer diesen Knaben entdeckt, muss das sofort melden. Unterlassung wird streng bestraft.«

»Vergebung, hochedler Herr! Ich kann nicht lesen.«

»Dann lass es dir vorlesen.«

Der Bauer senkte den Kopf noch tiefer. »Keiner im Dorf kann lesen und schreiben.«

»Dann holt euch einen dieser Dickwänste aus dem Kloster. Wenn sie sonst nichts können, lesen und schreiben haben sie wenigstens gelernt.«

Maluban steckte sein bleiches Gesicht aus der Sänfte. »Und dies noch! Ich bin auf dem Weg zum Hohen Gericht. Gegen Ketzer und Aufwiegler werden wir gnadenlos vorgehen. Ich erwarte Meldung, wenn ihr wisst, wo sich die beiden Fremdlinge aufhalten. Meine Abgesandten werden euch verhören. – Hütet euch!«

Er schlug dem Reiter des vorderen Pferdes mit einem Stock auf die Beine und befahl: »Weiter!«

Der Bauer packte wieder seinen Spaten. Er grub

eine ganze Ackerfurche um, ehe er es wagte, sich dem Versteck von Jonas und Johanna zu nähern. Die beiden kauerten völlig verstört nebeneinander. Dieser Maluban hatte sie gemeint! Er suchte sie! Was war das für ein Hohes Gericht?

»Jetzt wisst ihr's!«, sagte der Bauer. Er überlegte lange und erklärte: »An der roten Samtjacke wird euch jeder erkennen. Zieh sie aus!«

Jonas warf die Jacke auf den Boden und der Bauer hackte mit seinem Spaten darauf herum, bis sie verdreckt und zerrissen war. Zum Schluss warf er sie weit ins dichte Gestrüpp.

»So!«, sagte er. »Wölfe gibt's in der Gegend genug. Man soll denken, du bist angefallen und verschleppt worden. Deine feinen Stiefel werden wir mit Lehm und Mist unansehnlich machen.« Er musste ein bisschen lachen. »Die erkennst du dann selbst nicht mehr. – Und jetzt kommt mit!«

Stumm und verschüchtert folgten die Geschwister.

Gleich hinter dem Acker lag das Dorf; armselige Hütten aus Lehm mit Stroh bedeckt. Der Bauer blickte vorsichtig um sich, ob ihn jemand mit den zwei Fremden beobachtete, dann zeigte er ihnen sein Haus und lief voraus.

Die Hütte hatte nur einen einzigen Raum mit einem Boden aus fest gestampftem Lehm. Sie war

aus ein paar senkrechten Holzpfosten mit Quer-
latten errichtet. Die Wände bestanden aus gefloch-
tenem Stroh mit Lehm verschmiert, die Ritzen
waren mit Moos verstopft.

Richtige Fenster gab es nicht, nur eine kleine
Luke. So dauerte es eine Weile, bis die Geschwister
in dem dämmrigen Raum die Einrichtung erkennen konnten: Bänke an den Wänden, ein grob ge-
zimmerter Tisch und ein paar Holzkästen.

Die Bäuerin war dabei, Bohnenschoten auszupellen. Sie schaute den Fremden misstrauisch entgegen.

»Weib«, sagte der Bauer, »such einen Kittel raus
für den Knaben!«

Die Frau rührte sich nicht. Ihr Blick wurde
feindselig. »Wir haben nichts zu verschenken.«

»Vom Melchior ist noch ein alter Kittel da; für
den Knaben könnt' er gerade recht sein. Bring ihn
her!«

»Nein!« Mit harten Händen knackte sie die
Schoten auf und ließ die Bohnen in eine Holz-
schüssel kullern.

Keiner der Geschwister brachte ein Wort heraus. Johanna war von den vergangenen Aufregun-
gen und der schlaflosen Nacht völlig erschöpft.
Sie suchte nach Jonas' Hand; die war eiskalt und
Johanna sah, dass sein Mund zuckte. Da konnte

sie sich nicht mehr beherrschen und begann zu schluchzen; ihr ganzer Körper wurde davon geschüttelt.

Eine Weile war nichts anderes in dem düsteren Raum als dieses verzweifelte Schluchzen.

Jonas hatte seinen Arm um Johanna gelegt und die Geschwister hielten sich aneinander fest. Der Bauer schaute stumm zu seiner Frau hinüber. Die stellte plötzlich die Schüssel mit den Bohnen hart neben sich auf die Bank und erhob sich mit einem Seufzer.

»Willst du die Dahergelaufenen verstecken? Meinst du, ich hätte die Reiter mit diesem Maluban nicht gesehn? Mann, Mann, du bringst Unglück über uns.«

»Soll ich sie ausliefern?«

Die Frau antwortete nicht, dann öffnete sie einen der Kästen, zerrte einen Kittel heraus und warf ihn Jonas zu.

Die Sonne war inzwischen über den Hügeln aufgestiegen.

Als ihr Schein die Hütte erreichte, saßen die Bauersleute mit Johanna und Jonas um den Tisch. Alle vier hatten einen Holznapf vor sich mit einer dampfenden Milchsuppe, in die sie Brot brockten.

Johanna schaute die Bäuerin dankbar an, aber

die zuckte mit den Schultern und in ihren Augen saß Angst.

»Dableiben könnt ihr nicht.«

Als die Milchsuppe ausgelöffelt war, sagte der Bauer: »Ich hab mir gedacht, über Tag behalten wir sie hier. Wenn's dunkel ist, bring ich sie ins Kloster.«

»Zu den Mönchen?«, rief die Frau. »Die nehmen keine Weiberleut.«

Aber der Bauer hatte schon vorausgedacht. »Sie bekommt auch einen Kittel und ein paar alte Männerhosen.«

»Und ihr Kleid?« Die Bäuerin warf einen begehrlichen Blick darauf.

»Das dürft ihr behalten«, sagte Johanna schnell. Als Junge herumzulaufen schien in dieser Welt sicherer.

Die Bäuerin gab sich noch nicht zufrieden. »An ihrem langen Haar erkennt man das Mädchen.«

»Dann schneiden wir 's ab!«, entschied Jonas.

Johanna fuhr auf. »Spinnst du? Ich lass mir doch nicht mein Haar abschneiden.«

»Muss aber«, sagte Jonas ungerührt.

»Nein!«, sagte Johanna.

»Wächst wieder!«, entgegnete Jonas.

»Wächst wieder!«, schrie Johanna. »Hat Monate gedauert, bis ich sie so lang hatte. Kommt nicht in Frage.«

»Dickköpfige Tussi!«, schimpfte Jonas. »Machst alles kaputt. Wegen so ein paar Haaren.«

Johanna wehrte sich lange. Endlich gab sie auf. Sie sah ein, dass sie mit ihren langen Haaren jedem auffallen musste, trotz Hose und Bauernkittel. Als aber die Bäuerin mit der Schere kam, hätte sie beinahe aufgeschrien. Dieses Gerät sah einer Zange ähnlicher als einer Schere – und es schabte und zog abscheulich.

Schließlich war alles getan: Die Haare waren kurz, aber sie fielen wenigstens bis über die Ohren. Und mit der geflickten Hose und dem alten Kittel hatte sich Johanna in einen Bauernburschen verwandelt. Sie machte ein klägliches Gesicht. »Wie seh ich aus?«

Aber es gab weder einen Spiegel noch eine Fensterscheibe, in der sie sich hätte anschauen können.

Jonas betrachtete sie und grinste. »Ab sofort heißt du Johannes.«

»Ich glaub«, sagte die Bäuerin und ihr Gesicht wurde um eine Spur weicher, »ich glaub, die zwei müssen jetzt erst einmal schlafen.«

Johanna atmete auf. Sie konnte sich vor Müdigkeit kaum mehr aufrecht halten und Jonas ging es ebenso. Und weil es keine Betten gab, legten sie sich auf eine der langen Bänke und schliefen sofort ein.

10. Das Kloster

Johanna brauchte eine Weile, bis sie sich zurechtfand und wieder wusste, wo sie war. Sie musste stundenlang geschlafen haben. Jonas war noch nicht wach. Die Bauersleute hatten offenbar die Feldarbeit beendet; sie saßen am Tisch und flüsterten miteinander.

»Man muss doch wissen, woher sie kommen«, verstand Johanna. Sie beschloss, sich schlafend zu stellen und zu lauschen.

»Woher sie kommen«, wiederholte die Bäuerin, »und wer sie sind.«

Weil der Bauer nicht antwortete, fuhr sie fort: »Das sind nicht Kinder einfacher Leute. Brauchst nur ihre Hände anzuschaun. Die haben noch nie grobe Arbeit gemacht.«

»Wenn sie von Maluban verfolgt werden, brauchen sie Beistand«, sagte der Bauer. »Ist eh besser, wenn wir nichts über sie wissen. Dann brauchen wir nicht zu lügen, wenn die Ausfrager kommen.«

»Aber sie müssen fort. Heute noch!«, verlangte die Frau.

»Heute noch«, versprach der Bauer.

»Dass dich nur keiner sieht, wenn du mit zwei Fremden ins Kloster gehst.«

»Ich hab mir gedacht«, sagte der Bauer, »ich geh erst einmal allein hin. Besprech die Sach', und wenn sie einverstanden sind, soll der Mönch am Abend kommen und sie abholen.«

Johanna hatte genug gehört. Sie gähnte, räkelte sich und stupste Jonas an, dass er aufwachen sollte.

Die Bauersleute erklärten ihren Plan. Dann machte sich der Bauer auf den Weg zum Kloster und die Frau ging zum Dorfbrunnen Wasser holen.

»Jonas!« Johanna war sehr ernst geworden. »Was soll das alles? In was sind wir da hineingeraten? Ich wollte doch nur nach dir schauen.«

»Und ich wollte nur die Ruine besichtigen«, ergänzte Jonas.

»Dieser Historiker! Auf den sind wir reingefallen. Der wollte was ganz Bestimmtes von uns – aber was?«

»Ich will nach Haus.« Johanna flüsterte das für sich allein, aber Jonas hatte es gehört und sagte: »Ich will auch nach Haus. Wenn ich nur wüsste, wie.«

In diesem Augenblick huschte ein Schatten von draußen herein und eine Katze sprang neben Johanna auf die Bank. Sie miaute und rieb ihren Kopf an Johanna.

»Schon wieder eine Katze«, stellte Jonas fest.

»Und wenn es *die* Katze ist?«, überlegte Johanna. »Mir scheint, hier ist alles möglich.«

»Ist sie schwarz?«

»Kann's nicht richtig erkennen. Es ist so dunkel. Weiß ist sie jedenfalls nicht.«

Als die Bäuerin mit den Wassereimern ins Haus trat, rutschte die Katze von der Bank und versteckte sich.

»Habt ihr eine Katze?«, fragte Johanna.

»Gott bewahre!«, rief die Frau. »Bei uns werden nicht einmal die Mäuse satt. Außerdem machst du dich mit einer Katze verdächtig, vor allem, wenn es eine schwarze ist.«

Johanna musste an die schauerlichen Worte denken, die sie in der Ruine gehört hatte: *Grausame Zeiten für schwarze Katzen. Teufelsbrut und Hexenviehzeug nannten sie uns.*

»Warum ist eine schwarze Katze schlimm?«, wollte sie wissen.

»So was darfst du nicht fragen«, sagte die Bäuerin und bekreuzigte sich.

Nicht fragen! Auf alles, was die Geschwister noch wissen wollten, gab die Bäuerin ausweichende Antworten oder schüttelte den Kopf und schwieg.

Erst in der Abenddämmerung kam der Bauer zurück. Allein. Aber bald darauf trat auch ein Mönch ins Haus.

»Gelobt sei Jesus Christus«, grüßte er und die Frau antwortete:

»In Ewigkeit Amen.«

Der Mönch blieb mitten im Raum stehen und schaute die Geschwister lange prüfend an. »Jonas und Johannes, stimmt das?«

Johanna ging einen Schritt auf ihn zu. »Ich bin der Johannes.«

»Schon recht, schon recht«, murmelte der Mönch. »Ich bin Pater Anselmus.«

Er zog zwei braune Kutten aus seinem Beutel und reichte sie den Geschwistern. »Werft sie über. Wir können gleich gehn.«

Als er die beiden an den Lehmhütten vorbei zum Kloster führte, ging gerade der Mond auf. Wolken jagten über den Himmel und malten Schatten über die Hütten und Felder. Der Schrei eines Nachtvogels. Die Behausungen lagen wie ausgestorben. – Und schon wieder war es ein Fremder, dem sich die Geschwister anvertrauen mussten.

Johanna dachte an den beinahe wortlosen Abschied von den Bauersleuten. Sie hatten sich kaum bedanken können, so hastig hatte die Frau sie aus dem Haus gedrängt.

»Nehmt's ihnen nicht übel«, sagte Pater Anselmus. »Es sind brave Leute.« Dann zog er die Geschwister näher an sich heran und flüsterte: »Sie haben Angst vor der Gewalt und unterwerfen sich.«

»Und wehren sich nie?«, fragte Johanna.

»Sie haben nicht gelernt, sich eigene Gedanken zu machen. Wenn einer aufbegehrt, wird der Widerstand mit Härte gebrochen. – Ihr werdet mehr davon erfahren. Aber jetzt kein Wort weiter.«

Sie setzten ihren Weg zum Kloster schweigend fort. Er führte bergauf über eine steil ansteigende, holprige Straße.

Im Schein des Mondes war schon von weitem zu erkennen, dass das Kloster einen großen Bezirk umfasste, durch hohe Mauern von der Außenwelt abgeschlossen. Im Gegensatz zu den armseligen Lehmhütten im Tal war hier alles aus Stein. Die hellgrauen Mauern schimmerten silbern im Mondlicht.

An der Pforte öffnete der Bruder Pförtner eine Klappe und warf einen fragenden Blick auf Jonas und Johanna.

»Zwei Novizen«, erklärte Pater Anselmus. »Bruder Jonas und Bruder Johannes. Sie werden ein paar Tage bei uns bleiben.«

Der Bruder Pförtner schrieb die beiden Namen auf ein Pergament und öffnete das Tor.

»Es ist die Stunde des Abendgebets. Die Brüder sind alle in der Kapelle«, erklärte Pater Anselmus. »Kommt, ich zeige euch eure Schlafstellen im Dormitorium.«

Er führte sie durch den Kreuzgang und über eine Treppe ins obere Stockwerk. Dort befanden sich die Schlafräume.

»Hier sind noch zwei Betten frei«, sagte er, »die könnt ihr nehmen.«

Johanna stellte fest, dass auf den hölzernen Bettgestellen Strohsäcke lagen. Sie war froh, nicht auf einer harten Bank übernachten zu müssen.

Pater Anselmus war mit seiner Erklärung noch nicht am Ende. »Ihr seid mit den Ordensregeln nicht vertraut. Es ist üblich, angezogen in Kleidern zu schlafen. Die Kutten dürft ihr ablegen.«

»Und waschen?«, fragte Jonas.

»In der Badestube gibt's Wasser für Gesicht und Hände.«

Johanna atmete auf. Sie hatte sich schon Gedanken gemacht, wie sie vor den Mönchen verbergen konnte, dass sie ein Mädchen war. Das hatte sich jetzt auf einfachste Weise geklärt: Nicht ausziehen und nur Katzenwäsche!

Dann zeigte ihnen Pater Anselmus noch einen Raum, den er »Necessarium« nannte. Dort gab es ein langes Brett in Sitzhöhe, in das mehrere kreisrunde Löcher gesägt waren. Darunter floss ein Bach.

»Praktisch«, sagte Jonas.

Johanna hob die Schultern. Ob sie es fertig brachte, da zwischen den Mönchen zu hocken?

Auf den Gängen war es lebendig geworden.

»Das Abendgebet ist zu Ende«, sagte der Pater. »Ich wünsche euch eine gute Nacht. Zum ersten Gebet in der Früh wird man euch wecken.« Er machte beiden ein Kreuzzeichen auf die Stirn und führte sie zurück zum Schlafsaal.

Nach und nach legten sich auch die andern Mönche zur Ruhe. Alles geschah geräuschlos in tiefstem Schweigen.

11. Gefährlicher Auftrag

Es war noch stockfinster, als ein Mönch durch die Gänge eilte und mit einer Glocke zum Gebet rief. Jonas und Johanna schliefen so tief, dass sie davon nicht aufwachten.

Die Mönche hatten schon ihre Kutten übergezogen und huschten zur Kapelle. Der Letzte bemerkte die Geschwister und rüttelte sie wach. Schlaftrunken griffen sie nach ihren Kutten und stolperten hinter dem Bruder her.

Eintöniges Gemurmel erfüllte den Kirchenraum. Die Geschwister schauten, was die anderen taten, knieten sich ebenfalls auf die hölzernen Fußbänke und legten den Kopf auf die gefalteten Hände. Sie wagten nicht, sich zu rühren, obwohl ihnen die Beine bald wehtaten und die Zeit sich zur Ewigkeit dehnte.

Als ein Glockenzeichen das Ende des Morgengebets angekündigt hatte, trat Pater Anselmus zu ihnen. Er sah sie schweigend an; erst als er sie aus der Kapelle in den Kreuzgang geführt hatte, flüsterte er: »Ich begleite euch jetzt in die Bibliothek zu Pater Laurentius. Er weiß Bescheid und erwartet euch.«

Jonas warf Johanna einen fragenden Blick zu. Was sollte das heißen, dass dieser Pater Bescheid wisse? Und was wusste Pater Anselmus? Was hatte ihm der Bauer erzählt?

Auf alle Fragen schüttelte Pater Anselmus den Kopf und legte zwei Finger auf den Mund. Offenbar fürchtete er, dass sie belauscht wurden. Er schien auch nicht den direkten Weg zur Bibliothek zu nehmen, sondern führte sie über eine Wendeltreppe durch enge düstere Gänge. Sie mussten ihre Schritte vorsichtig setzen, überall waren Steine locker und rutschten unter ihnen weg. Irgend etwas huschte geräuschlos um sie herum.

»Fledermäuse«, erklärte Pater Anselmus. »Die haben hier ihre Schlafplätze. Wir scheuchen sie auf. Sie tun aber nichts.«

Und dann ging es nicht weiter. Sie standen vor einer hölzernen Wand, die den Weg abriegelte. Pater Anselmus hatte auf eine Laterne verzichtet, um kein Aufsehen zu erregen. Nur durch schmale Luftschlitze, die beim Bau freigelassen worden waren, drang spärliches Morgenlicht in den Gang. Es reichte gerade, um ein Relief zu erkennen, das in einem Rahmen an der Holzwand angebracht war.

Es stellte den Erzengel Michael mit dem Drachen dar.

»Und jetzt?«, flüsterte Jonas. »Wieder zurück?«

Pater Anselmus schüttelte den Kopf. Er tastete mit seinen Fingern über den Schwanz des Drachen. Von der Spitze ab zählte er die Wirbel: »Eins, zwei, drei, vier, fünf, sechs ...« Er drückte auf den Siebten. Es klickte leise – ein Schloss sprang auf: Der Rahmen des Reliefs war eine Tür, die jetzt einen Spaltbreit offen stand.

Vorsichtig zog Pater Anselmus die Tür weiter auf. »Kommt!« Die Kinder folgten ihm.

Kaum einen Schritt weiter stießen sie an eine zweite Holzwand mit einer Tür. Hier gab es kein geheimes Schloss wie bei der äußeren Wand mit dem Drachen. Pater Anselmus wusste, dass diese Tür nur von innen durch ein Riegelschloss zu öffnen war, und er kannte das vereinbarte Zeichen. Er nickte den Kindern zu und klopfte: tock ... tock-tock, dreimal.

Dann lauschten sie gespannt.

Nach einiger Zeit hörten sie Geräusche von der anderen Seite: Ein Schloss schnappte auf, dann wurde der Riegel zurückgeschoben. Zwei geöffnete Türen lagen vor ihnen. Durch die eine gelangten sie in einen großen hölzernen Kasten, einen Schrank, wie die Geschwister später feststellten. Die offene Schranktür führte in die Bibliothek.

Pater Anselmus ging den Weg bis zu dem Relief mit dem Drachen noch einmal zurück und schloss die drei Türen zu dem geheimen Eingang sorgfältig ab.

Pater Laurentius, der Bibliothekar, erwartete sie schon. Groß und hager stand er mitten in dem dunkel getäfelten Raum. Die farbigen Glasfenster ließen das Tageslicht nur gedämpft herein. Bücher in dicken Ledereinbänden standen in den Regalen. Auf dem Tisch erhellte eine Öllampe die Schriften, an denen der Pater gerade gearbeitet hatte.

Jonas und Johanna blickten sich verwundert um. Was sollten sie hier? Warum mussten sie durch geheime Gänge und Türen schleichen? Warum wurde nicht offen gesprochen?

In der vollkommenen Stille dieses Raums mit den beiden schweigenden Mönchen wagten sie aber keine Fragen zu stellen. Sie warteten und mussten es aushalten, dass Pater Laurentius sie lange Zeit forschend betrachtete.

Schließlich beugte er sich vor zu dem viel kleineren rundlichen Anselmus: »Sollte es möglich sein, dass diese beiden die Boten sind, von denen die Weissagung spricht?«

Pater Anselmus wiegte den Kopf, was so viel wie

»vielleicht« bedeuten konnte. »Gibt es kein Mittel, sie zu prüfen?«

Pater Laurentius nickte. »Das gibt es.«

Er trat an ein Bücherregal und zog einen der dicken Bände heraus. Behutsam schlug er ein Blatt nach dem andern auf; Handschriften auf Pergament mit farbigen Großbuchstaben am Anfang jeder Seite.

Bald hatte er gefunden, was er suchte, zeigte den Geschwistern ein Blatt und blickte sie erwartungsvoll an.

Jonas beugte sich über die Schrift und traute seinen Augen nicht. Es war die gleiche Handschrift, die ihm der Historiker gezeigt hatte; dort als Kopie, hier im Original auf echtem Goldgrund: das große S mit der sprudelnden Quelle im unteren Bogen und dem Vogel auf einer Ranke.

»Präge es dir genau ein!«, hatte der Historiker gesagt und Jonas hatte alles im Gedächtnis behalten, das Bild und die Worte.

»Scivias«, sagte er.

In dem strengen Gesicht des Bibliothekars leuchtete ein Lächeln auf. Er nickte Pater Anselmus zu, der Jonas Hand nahm und sie herzlich schüttelte.

Johanna sah das Zeichen jetzt zum ersten Mal. Die Ähnlichkeit mit der Metallplatte im Quellenschacht fiel ihr sofort auf. Hier aber war es ein lich-

94

tes Zeichen, während dort ein Schlangenkopf eingraviert war.

»Kommt nah her zu mir!«, sagte Pater Laurentius. »Ihr sollt alles erfahren, was ich weiß.«

Er setzte sich auf seinen Stuhl und die Geschwister kauerten sich zu seinen Füßen.

Bevor er begann, gab er Pater Anselmus ein Zeichen und deutete mit den Augen zur Eingangstür der Bibliothek. Anselmus öffnete sie, trat ein paar Schritte hinaus und vergewisserte sich, dass niemand sie belauschte.

»Wir müssen wachsam sein«, erklärte der Bibliothekar. »Selbst hier im Kloster lauern Horcher, die uns verraten. Keinem ist mehr zu trauen.«

Er heftete seinen Blick auf das Kreuz an der gegenüberliegenden Wand und fuhr fort: »Wir wollen, dass das Land von der Herrschsucht und den Grausamkeiten der Mächtigen befreit wird. Sie nehmen den Armen den letzten Scheffel Korn und leben selbst im Überfluss.«

»Warum tut denn keiner etwas dagegen?«, rief Jonas.

»Wir versuchen es«, antwortete Pater Laurentius. »Aber wer Macht hat, kann Gewalt ausüben, kann alles unterdrücken, was sich auflehnt. Wenn du erst einmal gesehen hast, wie einem Menschen die Hände in den Schraubstock gepresst werden, wie die Gefolterten blutüberströmt aus dem Kerker taumeln – wenn du so etwas gesehen hast, dann weißt du, was geschehen kann, wenn du für Recht und den wahren Glauben kämpfst.«

»Aber ihr im Kloster«, sagte Jonas, »ihr braucht doch nichts zu befürchten, oder?«

»Wir predigen, dass alle Menschen gleich sind. Wir reden jedem ins Gewissen, der, um sich zu bereichern, Unrecht tut. Wir prangern das unchristliche Leben an, das selbst die höchsten Geistlichen führen. – Das ist genug für die Mächtigen. Sie sagen, wir wiegeln das Volk auf, wir predigen den Ungehorsam gegen sie.«

»Ja, aber …«, Johanna konnte ihre wichtigste Frage nicht mehr zurückhalten, »aber was haben wir damit zu tun? Wir können das doch nicht ändern.«

»Gewiss nicht. Alles könnt ihr nicht ändern. Aber unsere Hoffnung ist, dass es mit eurer Hilfe gelingt, drei unschuldige Menschen zu retten. Man hat sie gefangen genommen. Sie sitzen im Kerker des Gerichtsgebäudes und warten auf ihren Prozess.«

»Warten auf ihren Prozess«, wiederholte Johanna und konnte sich nichts Genaues darunter vorstellen.

Pater Laurentius fuhr fort: »Zwei davon sind

unsere Ordensbrüder, der Dritte ist ein schlichter, braver Mann, ein Eseltreiber. Wir kennen ihn seit vielen Jahren. Er lcistet uns Dienste, wenn Korn zur Mühle gebracht werden muss, wenn wir Steine brauchen zum Ausbessern der Mauern; eben überall, wo ein Lasttier vonnöten ist.«

Die Geschwister blickten Pater Laurentius ratlos an. In was wurden sie da hineingezogen? Wie kamen die beiden Mönche darauf, durch sie Rettung zu erwarten?

Pater Laurentius führte die Geschwister an den Tisch, auf dem die Handschrift mit dem großen S lag. Auch Anselmus kam näher. Leise und nachdenklich sprach Pater Laurentius weiter:

»Es ist mir verborgen, wo ihr diese Schrift schon gesehen haben könnt. Aber ihr habt sie erkannt und Jonas hat das Schlüsselwort ›Scivias‹ gesprochen. Das erlaubt mir, euch zu sagen, dass die Schrift eine Weissagung enthält. Wer sie zu deuten weiß, versteht: ›Zwei junge Boten werden kommen, um neues Unrecht zu verhindern.‹«

Unrecht! Was war das für ein Unrecht? Und was war mit der Quelle? Hatte die Metallplatte mit dem Schlangenkopf etwas damit zu tun? – Sollten sie sagen, was sie entdeckt hatten? – Mit einem schnellen Blick verständigten sie sich: Nein! Zu den beiden Mönchen konnten sie Vertrauen haben, aber ob es trotz aller Vorsicht nicht doch Lauscher gab?

Nach einer langen Pause, während alle vier auf die Handschrift mit dem großen S schauten, erklärte Pater Laurentius:

»In den nächsten Tagen wird der Prozess vor dem Hohen Gericht beginnen. Wir wissen nur, dass es um die Quelle im Falkenschloss geht. Man hat uns heimlich Nachricht gebracht, dass Maluban behauptet, die Quelle im Falkenschloss sei durch Verwünschung versiegt, und er gibt an, unsere Klosterbrüder und der Eseltreiber seien bei der Quelle beobachtet worden. Wenn sie ihre Unschuld nicht beweisen können, werden sie wegen Hexerei bestraft. Womöglich mit dem Tod.«

»Mit dem Tod?«, rief Johanna. »Aber ihr habt doch gesagt, dass sie unschuldig sind. Warum erklärt ihr das nicht?«

»Wir haben keine Beweise. Dass wir davon überzeugt sind, gilt nicht. Für ein unerklärliches Geschehen brauchen sie Schuldige.«

Johanna schaute Pater Laurentius fassungslos an. »Wer glaubt denn diesem grässlichen Maluban? Wieso hat er so viel Einfluss?«

»Er bringt es fertig, Menschen in Schuld zu verstricken. Dadurch hat er sie in der Hand. Den Richter zum Beispiel ...«, Pater Laurentius senkte seine Stimme zu einem Flüstern, »... den hat er in dunkle Geschäfte verwickelt. Bei Todesurteilen hat er mit seiner Hilfe versucht, Hab und Gut des Verurteilten an sich zu bringen. Wenn es gelang, hat er den Richter daran beteiligt.«

»Er hat den Richter bestochen?« Jonas wollte das nicht glauben. »Aber so was kommt doch raus!«

»Dem Maluban kann niemand etwas nachweisen. Dazu ist er viel zu schlau. Und wenn es jemanden gibt, der eine Schandtat aufdecken könnte, dann lässt er ihn beseitigen.«

»Beseitigen?«, fragte Jonas.

»Er erfindet eine Lüge, klagt ihn der Hexerei an, so wie er das jetzt mit unseren Ordensbrüdern und dem Eseltreiber tut«, antwortete Pater Laurentius. »Meistens lautet der Schuldspruch ›Scheiterhaufen‹. – Wisst ihr jetzt, warum ihn alle fürchten?«

»Wo wohnt er eigentlich, dieser Maluban?«, erkundigte sich Johanna.

»Überall und nirgends«, antwortete Pater Laurentius. »Er hat kein eigenes Schloss. Lebt mal bei diesen und bei jenen Fürsten und macht sich ihnen durch seine Dienste unentbehrlich.«

Johanna wollte mehr über die Quelle wissen. »Guntram, der Jagdgehilfe, hat uns gesagt, das

Wasser habe eine besondere Kraft gehabt. Früher hätten alle aus der Quelle trinken dürfen, aber dann ...«

»Richtig«, sagte Pater Laurentius. »Dann hat sich das geändert. Es war wirklich ein Heilwasser. Es machte fröhlich und frei. Maluban kann aber keine fröhlichen, freien Menschen gebrauchen. Die lassen sich nicht unterdrücken. Er hat den Herzog dazu gebracht, ein Verbot zu erlassen, das das Trinken aus der Quelle bei Strafe untersagt.«

»Das hätte der Herzog doch nicht zu tun brauchen«, fand Johanna.

Der Pater zuckte mit den Schultern. »Maluban hat ihm eingeredet, die Untertanen könnten sich eines Tages gegen ihn auflehnen. So ist es dazu gekommen.«

»Woher wisst Ihr das alles?«

Pater Laurentius lächelte. »Wir haben auch unsere Lauscher.«

»Das hat uns Guntram so ähnlich erzählt«, sagte Johanna. »Er wusste aber nicht, wieso die Quelle versiegen konnte.«

»Was genau geschehen ist, können auch wir nur vermuten. Die beiden Mönche und den Eseltreiber hat Maluban ganz einfach zu Schuldigen gemacht und behauptet, die Quelle sei durch einen Fluch versiegt.«

Johanna wurde ungeduldig. »Sagt doch endlich, was wir tun sollen.«

Pater Laurentius legte zum Nachdenken beide Hände an die Schläfen. »Eure Aufgabe ist nicht leicht«, begann er. »Es geht darum, den drei Unschuldigen zur Flucht zu verhelfen, bevor der Prozess beginnt. Der Kerker und der Gerichtssaal liegen in einem befestigten Gebäude neben dem Haus des Bischofs. Dort soll der Prozess stattfinden. Ein Verbündeter hat uns einen Plan zugespielt, auf dem ein geheimer Weg aus dem Kerker eingezeichnet ist. Und hier ...«, er holte einen kleinen Kasten hinter den Büchern hervor, »hier habe ich etwas, das ihr in den Kerker schaffen sollt.«

In dem Kasten raschelte es und durch ein Luftloch erkannte Johanna eine Ratte.

»Keine Angst«, sagte Pater Laurentius. »Sie ist zahm und lässt sich auf die Hand nehmen. Wir haben ihr ein Zettelchen mit dem Fluchtplan unter den Bauch gebunden.«

»Und wie sollen wir den Kerker finden?« So einfach konnte sich Jonas das nicht vorstellen.

»Es gibt einen Pfad zwischen dem Gerichtsgebäude und der Außenmauer. Wenn ihr da entlanggeht, findet ihr das vergitterte Fenster des Kerkers und könnt die Ratte zu den Gefangenen hinunterschicken. Unsere Brüder werden verstehen, was es bedeutet, wenn eine Ratte durchs Fenster kommt.«

»Gott gebe, dass es gelingt«, seufzte Pater Anselmus. »Und es muss heute noch geschehen. Heute ist der Tag, an dem wir Rüben, Kraut und Bohnen aus dem Klostergarten in die Bischofsküche liefern. Ihr werdet mir helfen, den Karren zu ziehen. Ich sage, dass ihr Bauernburschen seid, die bei uns im Garten arbeiten. Keiner wird sich um euch kümmern. Da laufen noch andere in abgerissenen Kleidern herum. Viel lieber hätte ich es an eurer Stelle versucht. Aber uns vom Kloster kennt man zu genau.«

Pater Anselmus hatte alles durchdacht. »Ich zeige euch den Pfad an der Mauer. Während ich ablade, schleicht ihr dort entlang und lasst die Ratte durchs Kerkerfenster schlüpfen. Ihr müsst es zu zweit machen, weil das Fenster ziemlich hoch ist. Jonas, du wirst deinem Bruder Johannes«, er räusperte sich, »hinaufhelfen zu den Gittern. Dann lauft ihr sofort zu mir zurück.«

»Traut ihr euch das wirklich zu?«, fragte Pater Laurentius.

Die Geschwister nickten. »Wird schon klappen.«

Bald darauf zogen sie mit dem Karren zum nahe gelegenen Sitz des Bischofs. Der Wohnbau war durch einen Kreuzgang mit der mächtigen Kirche verbunden. Das bischöfliche Gelände umgab eine Mauer, die Stallungen und Remisen für die Kutschen einschloss, ebenso das Gerichtsgebäude mit dem Kerker.

Jonas und Johanna hatten die Kutten im Kloster abgelegt und trugen wieder ihre Bauernkittel.

Der Wächter am Tor kannte Pater Anselmus mit den Gemüsefuhren und ließ sie passieren.

Der Zugang zur Küche befand sich an der seitlichen Außenmauer des Hauptbaus. Pater Anselmus machte sich durch Rufen bemerkbar, worauf der Küchenmeister erschien.

»Hier könnt ihr abladen«, sagte er und öffnete die Tür zur Vorratskammer. »Schichtet alles ordentlich auf die Bretter! Ich eile zurück in die Küche. Das Mahl für das Hohe Gericht muss vorbereitet werden.« Damit ließ er sie allein.

»Das läuft ja besser als erwartet!«, flüsterte Pater Anselmus.

Johanna holte die Ratte aus dem Kästchen. Sie schlüpfte ihr sofort in den Ärmel des Kittels, kletterte weiter nach oben und steckte ihr Schnäuzchen aus dem Halsausschnitt. Johanna fühlte sie durch den Stoff und legte ihre Hand sanft auf den kleinen warmen Körper.

Pater Anselmus zeigte ihnen den Pfad entlang

der Mauer, der vor Blicken geschützt im Schatten lag. Dann ging er zu seinem Karren zurück.

Die Zeit war knapp. Eilig suchten sie die Mauer nach dem vergitterten Fenster ab.

»Hier ist es«, flüsterte Jonas.

Johanna fand dicht darunter einen hervorstehenden Stein im Mauerwerk und setzte einen Fuß darauf. »Halt mich fest! Ich muss noch ein Stückchen höher.«

»Das wirst du bleiben lassen!«, brüllte eine Stimme ganz nah. Fäuste packten sie und in wenigen Sekunden waren beiden die Hände auf den Rücken gebunden.

Johanna versuchte noch, die Ratte freizulassen, aber als die ihr Schnäuzchen aus dem Ärmel steckte, wurde sie von einem der Männer entdeckt und herausgezerrt.

»Was haben wir denn da?«, schrie er. »Dieses Biest wird unsern Meister Maluban freuen.«

Sie warfen die Ratte in einen Lederbeutel und stießen die Geschwister vor sich her. Jetzt waren sie in die Hände von Malubans Helfern geraten.

12. Der Prozess

Die Kunde von der Verschwörung verbreitete sich in den Mauern des Bischofssitzes bis in die letzten Winkel. Die Mägde flüsterten sie weiter, die Knechte in den Ställen munkelten.

Maluban war zeitig am Prozesstag erschienen und saß schon im Gerichtssaal, als Jonas und Johanna hereingeführt wurden.

»Hab ich euch endlich!«, keifte er. »Gerade noch rechtzeitig zum Gerichtstag. Ihr seht, mir entkommt keiner.«

Er gab seinen beiden Helfern ein Zeichen. »Bis der Richter eintrifft: in den Kerker mit ihnen!«

»Erlaubt, edler Meister«, sagte der eine, »hier wäre noch was. Wir haben bei dem da«, er deutete auf Johanna, »etwas Verdächtiges gefunden. Das Biest sprang aus ihm heraus.«

Damit legte er den Beutel mit der Ratte vor Maluban auf den Tisch. Maluban zog die Schnüre auf, gerade so weit, dass er die Ratte sehen konnte. Sie hockte zitternd am Boden ihres Gefängnisses.

Maluban verzog den Mund zu einem triumphierenden Lächeln. »Das ist ein Beweis nach meinem Sinn«, murmelte er und wies seine Helfer mit Jonas und Johanna hinaus.

Die Männer trieben die beiden durch verwinkelte Gänge. Dann schlossen sie eine eisenbeschlagene Tür auf und stießen sie in einen düsteren Raum.

Hoch oben an der einen Wand sahen sie das vergitterte Fenster, vor dem sie gefasst worden waren.

Drei Gestalten kauerten am Boden; zwei von ihnen waren durch ihre braunen Kutten als Klosterbrüder zu erkennen, die dritte war der Eseltreiber. Man warf ihm vor, sein Tier an der verbotenen Quelle getränkt zu haben. Alle, die Maluban befragen ließ, hatten bezeugt, der Eseltreiber habe gotteslästerlich geflucht, und danach sei kein Tropfen Wasser mehr geflossen. Da sei Hexerei im Spiel gewesen.

Das erzählte der Eseltreiber unter Jammern und Klagen und schwor, unschuldig zu sein.

Alles war für Jonas und Johanna so schnell gegangen, dass sie sich über ihre neue Lage erst allmählich klar wurden. War das das Ende? Gab es noch eine Rettung? Wo war der Fluchtweg, der auf dem Plan eingezeichnet war? Was geschah mit Pater Anselmus, der auf sie wartete?

Die letzte Frage wurde bald beantwortet: Ein Wächter schloss die Tür auf und stieß den Pater zu ihnen in den Kerker.

Bald darauf wurde auch gewiss, dass Maluban bei der Ratte den Plan mit dem Fluchtweg gefunden hatte; denn hinter einer Mauer war Poltern und das Rieseln von Steinen zu hören. Der geheime Weg wurde zugeschüttet.

»Jetzt hilft nur noch beten«, sagte Pater Anselmus.

Er zog seinen Rosenkranz aus dem Gürtel und ließ die Perlen durch die Finger gleiten. Die beiden andern Mönche stimmten in seine Gebete ein. Auch der Eseltreiber faltete die Hände, brachte aber keinen Laut über die Lippen.

Jonas und Johanna hatten sich nebeneinander an eine Wand gelehnt. Das eintönige Gemurmel der Betenden brachte ihre Gedanken zur Ruhe und ließ sie für eine kurze Zeit schlafen.

Wenig später wurden die Gefangenen durch rohe Stimmen aufgeschreckt. Ein Krug Wasser wurde hereingereicht, dann bekam jeder einen Napf dünne Gerstensuppe. »Damit ihr wach bleibt und alles gesteht«, knurrte der Wächter. »Wenn es Zeit ist zur Vernehmung, wird man euch holen.«

Wieder mussten sie warten. Jonas und Johanna

hatten sich gegenseitig die Arme um die Schultern gelegt. Über ihre Angst vor dem, was noch kommen würde, konnten sie sich nicht hinwegtäuschen. Als die Tür aufging und sie in den Gerichtssaal geführt wurden, waren sie fast erleichtert, dass die Ungewissheit jetzt ein Ende hatte.

Der Saal war mit dunklem Holz getäfelt; Säulen trugen das Deckengewölbe. Hinter einem langen Tisch stand der Stuhl des Richters. Rechts und links gab es je zwei Plätze für die Beisitzer, die schon frühzeitig eingetroffen waren. An einem kleineren Tisch saß der Notar, neben ihm der Schreiber. Der nutzte die Zeit, um noch ein paar Federkiele zurechtzuschneiden.

Für die Angeklagten war eine Reihe niedriger Bänke aufgestellt worden. Seitlich vom Richtertisch hatte Maluban im Auftrag des Herzogs Platz genommen. Die Gefangenen streifte er mit einem kurzen, scharfen Blick.

Dann betrat der Richter den Saal in einem langen schwarzen Talar mit einem schwarzen Barett auf dem Haupt. Alle erhoben sich. Jonas und Johanna standen mit gesenkten Köpfen auf. Als Johanna aber ihren Blick zu dem Richter hob, verlor sie beinah die Fassung. Sie presste Jonas' Arm. Er musste es doch auch sehen! Was ging hier vor? Wie war es möglich, dass der Richter dem Historiker aufs Haar glich? Mit einem kaum merklichen Kopfnicken gab Jonas zu erkennen, dass auch er es bemerkt hatte.

Gab es eine Verbindung zwischen dem Historiker und dem Richter? Sie mussten herausfinden, welche Rolle dieser Richter spielte, vor allem aber, welche Absicht Maluban verfolgte. Warum hatte er es auf den Eseltreiber abgesehen? Warum sollte ausgerechnet der ein Hexer sein? Jetzt war jedes Wort wichtig, jeder Tonfall. Sie mussten sehr aufmerksam hinhören, damit ihnen nichts entging.

Sie beobachteten, dass der Richter und die Beisitzer ungeduldig nach der Tür schauten. Offenbar erwarteten sie noch jemanden. Es war auch ein Sitz frei geblieben. Fellbezogen mit einer hohen Rückenlehne stand er auf einem Podest: der Stuhl für den Bischof. Als Vertreter der Kirche war er stets anwesend, wenn es sich um den Verdacht der Hexerei handelte.

Endlich wurde die Tür für ihn geöffnet: Ganz in Lila gekleidet schritt er majestätisch herein. Zwei Diener geleiteten ihn zu dem leeren Stuhl.

Jetzt erst durften sich alle wieder setzen, und nachdem sich der Richter vor dem Bischof verneigt hatte, eröffnete er die Verhandlung.

Zuerst fragte er jeden Einzelnen nach seinem Namen und woher er kam. Der Schreiber notierte es.

Die Geschwister gaben an: »Jonas und Johannes.«

Auf die Frage, woher er komme, stockte Jonas.

»Wir kommen aus dem Falkenschloss«, sagte Johanna schnell.

Der Richter fragte weiter: »Was war dort eure Beschäftigung?«

»Jagdgehilfe«, antwortete Jonas.

»Küchen...«, beinahe hätte Johanna »Küchenmagd« gesagt, fing sich aber gerade noch und antwortete: »Küchenjunge.«

Maluban warf ihr einen scharfen Blick zu und lachte hämisch. Dann stellte er selbst eine Frage: »Wie heißt der Herzog, bei dem ihr im Dienst standet?« Das konnten die Geschwister aber nicht beantworten. Niemand hatte den Namen des Schlossherrn ausgesprochen; er wurde nur »der Herzog« genannt.

Maluban wertete diese Unkenntnis als weiteres Verdachtsmoment. Der Richter sah darin keinen Beweis, wandte sich aber an den Bischof: »Was ist eure Meinung, Eminenz?«

Der Bischof wischte die Frage mit einer Handbewegung fort: »Deleatur! – Habt ihr nichts Wichtigeres vorzutragen?«

»Gewiss, Eminenz, genug!«, beeilte sich Maluban zu versichern und fuhr fort: »Die Angeklagten

Jonas und Johannes wollten den Gefangenen zur Flucht verhelfen. Mit Hilfe einer Ratte. Einer Ratte! Und diese Ratte ist – man höre! – dem einen aus der Brust gesprungen.«

»Aus dem Ärmel!«, schrie Johanna.

»Schweig!«, fuhr Maluban sie an. »Menschen, die Ratten und sonstiges Ungetier im Leib tragen, sind mit dem Teufel im Bunde.«

Nach dieser Beschuldigung wurde es still im Saal. Nur das Kritzeln des Schreibers, der alles zu Protokoll nahm, war zu vernehmen.

Der Richter blickte die Geschwister ungläubig an, der Bischof schaute auf seine gefalteten Hände.

Plötzlich entstand Unruhe an der Tür. Zwei armselige Gestalten wurden von einem Büttel hereingezerrt; sie waren mit einem Strick aneinander gebunden, heulten und versuchten, sich loszureißen. Es waren die Bauersleute, bei denen Jonas und Johanna Zuflucht gefunden hatten. Malubans Getreue hatten sie ausfindig gemacht.

Ein Gerichtsdiener nahm beide in Empfang und zwang sie auf eine der Anklagebänke.

Der Büttel ging untertänig auf den Richter zu. »Das haben wir in der Hütte gefunden«, meldete er und überreichte ihm ein Kleiderbündel.

Der Richter wies ihn an, es auseinander zu falten: Johannas Küchenmagdkleid kam zum Vorschein, das sie der Bäuerin für die Männersachen gegeben hatte.

Maluban witterte sofort den Zusammenhang und murmelte: »Das kommt zur rechten Zeit.«

Der Richter warf einen Blick auf die armseligen Gestalten und herrschte die Frau an: »Weib! Woher hast du dieses Gewand? Es ist neu. Wie hast du es dir beschafft?«

Die Bäuerin deutete auf die Geschwister. »Die da! Die sind an allem schuld.«

Der Richter setzte sein Verhör fort und die Frau gab an, dass die beiden auf der Flucht gewesen waren, dass sie bei ihnen eingedrungen seien und andere Kleidung verlangt hätten.

»Weiter!«

Eingeschüchtert und zitternd deutete die Bäuerin auf Anselmus. »Dieser Pater da hat sie abgeholt und ins Kloster mitgenommen. Mehr weiß ich nicht.«

Maluban lachte hämisch auf. »Verkleidet hat sich die Dirne! Ich habe es doch gewusst. Dieser Johannes ist«, er holte Luft, »ist eine Weibsperson!«

Totenstille im Gerichtssaal. Alle Augen richteten sich auf Johanna, die blass und zusammengekauert dasaß.

»Brauchen wir weitere Beweise?«, schrie Maluban.

Ein zweiter Büttel trat zu ihm. »Erlaubt eine untertänige Meldung, edler Meister. Wir haben noch etwas Gewichtiges gefunden.«

Er eilte zur Tür und zog einen Sack herein, in dem ein Tier strampelte und jämmerlich maunzte. Als die Schnüre auf Befehl des Richters geöffnet wurden, sprang eine schwarze Katze heraus. Ehe sie jemand packen konnte, schoss sie zurück zur Tür und zwängte sich durch den schmalen Spalt hinaus.

»Fangt sie!«, brüllte Maluban. Aber es war zu spät. Die Katze hatte sich gerettet.

»Der Beweis ist trotzdem erbracht«, erklärte Maluban. »Ihr habt sie alle gesehen. Meine Leute haben das schwarze Teufelsvieh im Haus dieser Bauern entdeckt.«

»Sie gehört nicht uns. Sie hat sich bei uns eingeschlichen«, jammerte die Frau, aber niemand hörte auf sie.

Der Richter las noch einmal in der Anklageschrift und sagte: »Bevor über das bisher Gehörte Recht gesprochen wird, lasst uns zum Hauptanklagepunkt kommen: zu der durch angebliche Hexerei versiegten Quelle.«

Der Bischof gab seine Zustimmung durch Heben der rechten Hand.

Der Richter wandte sich Maluban zu. »Meister

Maluban hat die drei Verdächtigen beim Hohen Gericht angezeigt, weil sie sich im Hof des Falkenschlosses aufhielten, als die Quelle versiegte. Ich erteile ihm das Wort zum Verhör in dieser Sache.«

Dieses Recht hatte Maluban beim Richter erwirkt, um den Prozess nach seinem Plan führen zu können. Er wartete, bis vollkommene Stille im Saal herrschte, und blickte die Angeklagten einen nach dem andern prüfend an.

»Eseltreiber, tritt vor!«

Obwohl er erwarten musste, aufgerufen zu werden, zuckte der Eseltreiber zusammen und konnte sich nur mit Mühe erheben.

»Gib auf alles der Wahrheit gemäß Auskunft«, forderte ihn der Richter auf.

Maluban begann das Verhör: »Was hattest du an jenem Tag im Hof des Falkenschlosses zu schaffen?«

»Holz hab ich gebracht.«

»Woher stammte das Holz?«

Der Eseltreiber konnte die Antwort nicht herausbringen; die Stimme versagte ihm. Er deutete auf die beiden Mönche.

Maluban richtete seinen Blick auf sie. »Wie ich weiß, wart ihr auch dabei. Wenn der Tölpel nicht antworten kann, dann redet ihr!«

»Wir mussten Brennholz für die Kemenate liefern. Aus dem Klosterwald. Das ist seit Jahren unsere Pflicht. Wir hatten den Esel damit beladen.«

Maluban wandte sich wieder dem Eseltreiber zu. »Du hast deinen Esel aus der Quelle trinken lassen.«

Der Mann hatte sich inzwischen gefangen und antwortete: »Herr, er war durstig.«

»Die Quelle war für euch verboten.«

»Wie konnte er das wissen? Er ist ein unvernünftiges Tier.«

»Esel prügelt man, wenn sie etwas Verbotenes tun.«

»Das haben schon die beiden Stallknechte besorgt, die ihn verjagten«, erklärte der Eseltreiber.

Maluban fasste ihn scharf ins Auge.

»Die beiden Stallknechte haben auch bezeugt, dass du dich zur Quelle gewendet und sie verflucht hast.«

»Nein, Herr, gewiss nicht«, rief der Eseltreiber erschreckt. »Warum sollte ich die Quelle verfluchen?«

»Die Stallknechte haben ausgesagt, dass du ›Vermaledeit!‹ gerufen hast. Gib es zu!«

»Mag sein, edler Herr, mag sein. Mich kommt manches Mal die Wut an. Aber ich habe über meinen Esel geflucht, weil er davongerannt ist. Die Schläge haben ihn scheu gemacht.«

»Sieh an, du kannst plötzlich gut reden«, höhnte Maluban. »Aber man hat mir zugetragen, dass du auch in deinem Dorf Verwünschungen ausgesprochen hast. Gegen deinen Nachbarn zum Beispiel. ›Der Hagel soll dein Korn zerschlagen‹, hast du gesagt. Und: ›Der Ochs soll dir verrecken!‹«

Dem Eseltreiber wurde allmählich klar, dass er in Gefahr geriet. Leise sagte er: »Unsereiner flucht halt so.«

Maluban wandte sich zu dem Schreiber. »Er gibt es zu. Habt ihr das notiert?«

An dieser Stelle schaltete sich der Richter wieder ein: »Aus der Vernehmung geht hervor, dass sich der Eseltreiber und die beiden Mönche im Schlosshof befanden, als die Quelle versiegte. Ich möchte noch die beiden Fremdlinge hören!«

Jonas und Johanna mussten vortreten.

»Man hat euch in dieser Zeit ebenfalls im Schlosshof gesehn.«

»Das ist unmöglich!«, rief Jonas. »Wir kamen erst, als die Falkenjagd veranstaltet wurde und die Gaukler abends ihre Vorstellung gaben. Da war die Quelle schon ausgetrocknet.«

»Lüge!«, fauchte Maluban. »Ich habe Zeugen, die werden das beweisen.«

Jonas nahm seinen ganzen Mut zusammen und sagte: »Wir haben auch Zeugen.«

Der Richter blickte erstaunt auf. »Nennt sie!«

»Den Falknermeister und seinen Gehilfen Guntram«, sagte Jonas.

»Und den Kastellan«, ergänzte Johanna. »Er hat Jonas zum ersten Mal gesehn, als er im Käfig saß.«

Maluban verzog das Gesicht zu einem Grinsen. »Der Gehilfe des Falkners kommt mir gerade recht. Es war ohnehin meine Absicht, ihn vor das Hohe Gericht zu zitieren.«

Da bestimmte der Richter: »Schafft den Falknermeister mitsamt seinem Gehilfen her und auch den Kastellan. Der Prozess wird auf morgen vertagt.«

Als Jonas und Johanna an seinem Tisch vorbeigingen, schauten sie den Richter noch einmal genau aus der Nähe an und suchten seinen Blick. Aber seine Augen schweiften über sie hinweg ohne das geringste Zeichen, dass er in ihnen mehr sah als verdächtige Fremdlinge, über die er Recht sprechen musste.

13. Schlangenkopf

Auf dem Steinboden im Kerker, wo nur ein paar schmutzige Lumpen lagen, verbrachten die Gefangenen eine Nacht voller Angst. Miteinander zu reden war ihnen verboten. Ein Wärter wachte darüber, dass sie nichts absprechen und nichts austauschen konnten.

In der Morgendämmerung wurden sie aus einem unruhigen Schlaf gerissen. Sie bekamen jeder einen Napf Gerstensuppe. Dann wurden sie in den Gerichtssaal geführt. Nach und nach trafen alle am Prozess Beteiligten ein: der Richter, die vier Beisitzer, Maluban, der Notar und der Schreiber.

Zuletzt betrat der Bischof den Raum und ließ sich auf seinem Sessel nieder.

Dann nahmen die Angeklagten auf ihren Bänken Platz.

»Die Zeugen aus dem Falkenschloss sind soeben in den Hof geritten«, verkündete der Gerichtsbote.

In den Saal kamen: der Kastellan, der Falknermeister und Guntram.

Johanna wäre beinahe aufgesprungen vor Glück, als sie Guntram sah. Sie beherrschte sich nur mühsam und Jonas presste die Lippen aufeinander, damit kein unbedachter Ausruf aus seinem Mund kam. Jedes Wort konnte Guntram in Gefahr bringen.

An Malubans undurchdringlicher Miene war nicht abzulesen, ob er von Guntrams Hilfe bei ihrer Flucht erfahren hatte.

Als Ersten rief der Richter den Falknermeister auf. Auf die Frage, ob und wann er die Geschwister zum ersten Mal gesehen habe, antwortete er: »Nur den einen hab ich gesehen. Den da!« Er deutete auf Jonas. »Bei der letzten Falkenjagd. Er war neu und stellte sich unbeholfen an.«

Der Schreiber notierte die Aussage.

»Mehr bedarf es nicht«, sagte der Richter. »Oder habt ihr sonst noch Beobachtungen gemacht, die von Bedeutung sein können?«

Der Falkner verneinte und wies auf Guntram. »Vernehmt meinen Gehilfen. Er war gemeinsam mit dem Knaben auf der Jagd.«

Auf Befragen wiederholte Guntram, was der Falkner ausgesagt hatte. »Mehr weiß ich nicht«, schloss er.

Der Richter ergriff wieder das Wort und wandte sich an den Kastellan. »Der andere dort«, er deutete auf Johanna, »der, wie wir erfahren haben, ein

Mädchen ist, sprach von einem Käfig. In dem sollt ihr den Verdächtigen zum ersten Mal gesehen haben.«

»Das ist wahr, Hohes Gericht«, erklärte der Kastellan. »Bei den Vorstellungen der Gaukler und Spielleute.«

»Aber in einem Käfig?«, fragte der Richter. »Wer hat ihn da hineingesetzt und warum.«

Hier mischte sich Maluban ein. »Er musste eingesperrt werden, weil er vor dem Gesinde gefährliche Reden gehalten hat, mit denen er Aufruhr stiften wollte gegen die Gesetze der Herrschenden. – Ich sehe eine Verschwörung am Werk, denn der Käfig ist in der Nacht geöffnet worden. Jemand hat dem Aufrührer zur Flucht verholfen.«

Maluban ließ seine Augen zwischen Jonas und Guntram hin und her wandern. Dann deutete er auf Guntram. »Ich habe es geahnt! Der war's. Bindet ihn!«

Sofort eilten zwei Büttel herbei. Guntram wehrte sich, aber sie hielten ihn fest.

Die Beisitzer flüsterten miteinander und der Richter sagte zu Maluban: »Wenn Ihr den Beweis dafür habt, so lasst ihn uns hören.«

Da zog Maluban einen Trumpf heraus, den er sich aufgespart hatte. »Im zweiten Käfig saßen Tauben«, sagte er. »Auch die wurden freigelassen.

Als sie über die Burgmauer flatterten, wurden die Wachen aufmerksam. Sie rissen das Tor auf und sahen den Jagdgehilfen gerade noch in der Küche verschwinden. – Braucht es weitere Beweise, Hohes Gericht?«

Nun notierte der Schreiber auch Guntrams Namen und dessen Beschäftigung im Falkenschloss in seinem Protokoll.

Der Richter erklärte Guntram: »Wenn du glaubst, dass die Anklage falsch ist, musst du bei Gott schwören, dass du zu Unrecht beschuldigt wirst. Überlege das gut!«

Da setzte sich Guntram ohne ein Wort auf die Bank zu den anderen Angeklagten. Aber Johanna quälte der Gedanke, dass sie es war, die von ihm verlangt hatte, die Tauben freizulassen.

Der Richter erhob sich. »Die Beweisaufnahme ist abgeschlossen. Bevor ein Urteil gesprochen wird, mögen die Angeklagten vortreten. Ihre Aussagen werden ihnen vorgelesen und sie müssen schwören, dass sie die Wahrheit gesagt haben.«

Die beiden Mönche legten als Erste eine Hand auf die Heilige Schrift, die ihnen der Richter hinhielt. Sie bestätigten, dass ihre Aussage der Wahrheit entsprach. Sie konnten aber nicht leugnen, sich zur fraglichen Zeit mit dem Eseltreiber im Burghof aufgehalten zu haben.

Als der Schreiber Pater Anselmus seine Aussage vorlas, schwor er, er habe die Geschwister zur Befreiung der Gefangenen überredet. Er sagte: »Ich habe sie überredet«, um damit die Schuld auf sich zu nehmen.

Dann musste der Eseltreiber vortreten. »Ich bin unschuldig«, beteuerte er. Vor Aufregung verstand er kaum, was der Schreiber vorlas.

Auch der Bauer und seine Frau schworen auf die Heilige Schrift, dass sie unschuldig seien.

Jonas kämpfte noch mit sich. Was sollte er zugeben? Er konnte nicht leugnen, dass er mit Johanna den Fluchtplan in den Kerker bringen wollte. Aber wie viel wusste Maluban von den geheimen Plänen des Klosters gegen die Mächtigen? Und kannte er den Weg aus dem Falkenschloss durch die ausgetrocknete Quelle? Zögernd ging er zum Richtertisch, auf dem die Bibel lag. Durfte er schwören, dass er unschuldig war?

Maluban verlor die Geduld. »Wird's bald?«, herrschte er Jonas an und deutete auf das Heilige Buch.

Jonas senkte den Blick – und fuhr zurück. An Malubans ausgestreckter Hand glänzte ein Siegelring. Auf dem war genau so ein Schlangenzeichen eingraviert wie auf der Platte, die sie bei ihrer Flucht im Brunnenschacht entdeckt hatten.

Jonas' Gedanken wirbelten in seinem Kopf. Er musste etwas sagen. Sofort! Was war jetzt richtig? Er schaute sich nach Johanna um, aber die stand zu weit entfernt. Er konnte ihr nur mit den Augen ein Zeichen geben, um ihren Blick auf Malubans Hand zu lenken. Aus Malubans Augen funkelte Zorn. Ungeduldig pochte er mit dem Finger auf die Bibel und wiederholte: »Wird's bald?«

Da zögerte Jonas nicht länger. Er deutete auf Maluban und schrie: »Er! Er hat die Quelle verhext!«

Diese Worte hingen jetzt im Raum. Alle saßen wie versteinert auf ihren Plätzen. Jonas hatte gewagt, eine so ungeheuerliche Beschuldigung gegen Meister Maluban zu schleudern!

Maluban lachte auf. »Er ist wie ein toller Hund. Bindet ihn!«

Der Richter ließ es geschehen und der Bischof murmelte: »In diesem Knaben steckt der Teufel.«

Verzweifelt versuchte Jonas wieder, Johanna auf Maluban aufmerksam zu machen. Und sie verstand. Sie trat dicht an ihn heran – und starrte auf seinen Ring.

»Fort!«, fauchte Maluban und versetzte ihr einen Stoß, dass sie vor den Tisch des Richters stürzte.

Sie rutschte auf die Knie und hob beide Hände. »Jonas hat Recht! Hört uns an!«

Der Richter wandte sich ab. »Fort mit ihr!« Er gab dem Büttel einen Wink, sie in den Kerker zurückzubringen. Der zerrte sie hoch, aber Johanna wehrte sich.

»Die Schlange!«, schrie sie. »Mit der hat er die Quelle verhext.«

Ein eiskalter Blick von Maluban traf sie. Und weil sich Johanna an Jonas klammerte, befahl der Richter: »Beide! Schafft sie alle beide in den Kerker!«

Jetzt war kein Augenblick mehr zu verlieren.

»Ihr müsst uns anhören!«, schrie Jonas. »Am Grund der Quelle liegt eine Metallplatte mit einer Schlange, wie auf dem Ring. Wir haben sie gesehn.«

»Genug!« Der Richter schlug mit der flachen Hand auf den Tisch. Der Bischof runzelte die Stirn und die Beisitzer schüttelten die Köpfe.

Alles schien verloren. Keiner glaubte ihnen.

Johanna machte einen letzten Versuch: »Ihr tut Unrecht! Ihr verurteilt Unschuldige! Holt die Platte vom Grund der Quelle!«

Maluban richtete sich zu seiner vollen Länge auf. »Wie weit soll dieser Wahnsinn noch getrieben werden, Hohes Gericht? Ich fordere strengste Bestrafung!«

Der Richter stimmte ihm zu und sagte zu den

Geschwistern: »Euer Urteil wird euch mitgeteilt werden.«

Als er ihnen dabei sein Gesicht zuwandte, fiel Jonas wieder die große Ähnlichkeit mit dem Historiker auf. Wie in einer Erleuchtung kamen ihm zwei Namen ins Gedächtnis.

»Sebaldus und Isabella!«, rief er. »Denkt an Sebaldus und Isabella!«

So, als hätte Jonas eine magische Formel gesprochen, wandelte sich der Ausdruck des Richters. Blässe überzog sein Gesicht, seine Hände begannen zu zittern und er griff nach der Stuhllehne, um Halt zu suchen.

Alle im Saal bemerkten die Veränderung. Sie hielten sie für eine plötzliche Übelkeit und riefen nach einem Arzt.

Der Richter wehrte ab. »Die Verhandlung wird für kurze Zeit unterbrochen«, sagte er und ging schwer atmend hinaus.

14. Die Suche

In dem kleinen Beratungsraum neben dem Gerichtssaal versuchte der Richter seine Gedanken zu ordnen.

Sebald und Isabella! – Woher kannte dieser Knabe die beiden Namen? Und wenn er von dem Urteil wusste – es war vollstreckt, die Akten waren geschlossen. Ein Fehlurteil, das hatte er zu spät erkannt. Aber die Beweislast war groß gewesen. Niemand konnte ihn, den Richter, zur Rechenschaft ziehen. Auch weitere Zeugen hätten nichts mehr genützt – oder doch?

Zusammengesunken saß der Richter auf einem Stuhl und grübelte.

Während seiner Abwesenheit hatte sich im Saal Unruhe verbreitet. Die Beisitzer flüsterten miteinander, alle Augen waren auf Malubans Ring gerichtet.

Der Bischof winkte Maluban zu sich: »Reicht mir doch Euren Ring, Meister Maluban!«

Widerwillig streifte Maluban den Ring vom Finger und legte ihn in die Hand des Bischofs. Der betrachtete ihn aus der Nähe und fragte: »Wie kommt es, dass Ihr eine Schlange im Siegelring tragt?«

»Es dürfte Euer Eminenz entgangen sein, dass ich diesen Ring – ein Erbstück – schon immer getragen habe«, antwortete Maluban. »Die Schlange ist ein uraltes Zeichen. Sie bedeutet Heilkraft.«

»Heilkraft?« Der Bischof wiegte den Kopf. »Das sagen die Heiden, nur die Heiden. In unserer Heiligen Christlichen Kirche bedeutet sie Falschheit und Verführung.«

Maluban beeilte sich zu erklären: »Mit den Heiden hat mein Ring nichts zu tun. Unsere Familie führt seit Generationen dieses Wappen. Mein Urahn, ein berühmter Medicus, hat es von einem Künstler schaffen lassen.«

Der Bischof schloss seine Hand um den Ring. »Mit Eurer Erlaubnis werde ich ihn eine Weile aufbewahren.«

Maluban fuhr auf, aber der Bischof lehnte sich zurück, machte die Augen zu und es war nicht zu erkennen, ob er nachdachte oder eingeschlafen war.

Nach geraumer Zeit kam der Richter zurück und nahm wieder Platz. Alle warteten gespannt.

»Nach Lage der Dinge«, begann er, »muss ich

prüfen lassen, ob es einen Beweis dafür gibt, dass Meister Maluban zu Recht beschuldigt wird. Ich ordne an, nach dem behaupteten Gegenstand im Brunnenschacht zu suchen.«

Maluban sprang auf. »Ich erhebe Einspruch! Wollt Ihr einer nichtswürdigen Verleumdung Glauben schenken? Noch dazu, wenn sie von einem Knaben stammt, dessen Herkunft im Dunkeln liegt, der sich in Verkleidung bei uns eingeschlichen hat, der Gefangenen zur Flucht verhelfen wollte, der ...«

»Das habt Ihr schon vorgetragen«, unterbrach ihn der Richter. »Es geht nicht um den Knaben Jonas, es geht um eine Metallplatte, die angeblich im Quellenschacht liegt. Unser Richteramt verpflichtet uns dazu, jeden Verdacht zu überprüfen.«

Er schaute nach der Zeugenbank. Sein Blick blieb an dem Kastellan haften. »Herr Kastellan, im Auftrag des Gerichts werdet Ihr in das Falkenschloss reiten und den Grund der Quelle durchsuchen lassen. Sollte dort eine Metallplatte gefunden werden, so bringt diese unverzüglich her!«

Der Kastellan stand auf, verneigte sich und wollte den Auftrag sofort ausführen. Da hielt ihn der Falkner zurück.

»Wartet! Ich möchte dem Hohen Gericht vorschlagen, meinen Jagdgehilfen mitzuschicken. Er ist für diese Aufgabe geeignet. Er kennt jeden Winkel des Kastells und wird ohne Mühe in den Schacht steigen.«

»Er steht unter Anklage!«, schrie Maluban.

»Ich bürge für ihn«, sagte der Falkner zum Richter gewandt. »Er wird zurückkommen, sobald er seinen Auftrag erfüllt hat.«

Der Richter willigte ein, bestimmte aber, dass der Falkner die beiden begleiten sollte. »Ihr bürgt mir für den Knaben und werdet alles bezeugen.«

Und so ritten der Kastellan und der Falkner mit Guntram hinüber zum Schloss.

Währenddessen war der Prozess unterbrochen. Die Angeklagten wurden wieder in den Kerker geführt; das Gericht zog sich in den Beratungsraum zurück.

Niemand bemerkte, dass sich Maluban kurz vor den drei Abgesandten auf den Weg gemacht hatte. Er war auf seinen Rappen gesprungen und trieb ihn zu einem wilden Ritt an, um vor den anderen ins Kastell zu kommen. Die Metallplatte durfte nicht in ihre Hände fallen, und auch den Schlangenring musste er um jeden Preis zurückgewinnen. In der Verbindung dieser beiden Teile lag das Geheimnis seiner Macht. Aber das wusste nur er allein.

Er schlug auf sein Pferd ein, um es zu noch größerer Eile anzutreiben.

Zitternd und schweißnass stand es endlich vor dem Eingang zum Kastell.

Maluban stieg ab und ging auf den Wächter zu, der mit seiner Lanze breitbeinig vor dem Portal Wache hielt.

»Öffne!«

»Auf Befehl des Herzogs darf ich niemanden einlassen«, erklärte der Wächter.

»Dann melde ihm, dass Meister Maluban Einlass begehrt.«

»Der gnädige Herr ist auf der Jagd.«

Maluban kam noch einen Schritt näher und drohte: »Wenn du nicht sofort öffnest, verlierst du deinen Kopf.«

Der Wächter rührte sich nicht. »Wenn ich den Befehl des Herzogs missachte, verliere ich auch meinen Kopf.«

Da schlug Maluban zu. Hart und unerwartet traf den Wächter seine Faust. Die Lanze fiel ihm aus der Hand, er taumelte und stürzte an den Rand des Burggrabens. An seinem Gürtel entdeckte Maluban einen Eisenring mit dem Schlüssel zum Kastell. Er hielt dem Wächter die Lanze an die Brust und zog den Schlüssel ab.

Als er das Tor geöffnet hatte, warf er noch einen

Blick über das Land: In einer Staubwolke, die sich rasch näherte, kamen drei Reiter über die Ebene gejagt!

Mit einem Fluch packte Maluban die Zügel seines Rappen, führte ihn um das Schloss herum und sprengte in der entgegengesetzten Richtung davon.

15. Das Urteil

Das Hohe Gericht hatte bis zur Rückkehr der Gesandten eine längere Zeit des Wartens. Der Bischof ließ eine Tafel decken und ein Mahl bringen. Er selbst zog sich in seine Gemächer zurück.

Erst jetzt fiel auf, dass Maluban fehlte. Aber obwohl das bei allen Verdacht erregte, wagte niemand, es auszusprechen.

Das Mahl verlief in angespanntem Schweigen. Der Koch hatte für reichhaltige Speisen gesorgt, die das Warten für eine Weile erträglich machten.

Endlich wurde die Tür aufgerissen und die drei Abgesandten kamen eilig herein. Alle sahen ihnen mit Spannung entgegen.

Bevor jedoch die Nachricht überbracht werden durfte, schickte der Richter einen Bedienten zum Bischof.

Guntram konnte seine Aufregung kaum zügeln und in den Gesichtern des Kastellans und des Falknermeisters zeichnete sich tiefe Bestürzung ab über ihre Entdeckung.

Als der Bischof wieder Platz genommen hatte, griff der Kastellan in die Tasche seines Lederwamses, zog die Platte mit dem Schlangenkopf heraus und legte sie mit einer großen Geste auf den Richtertisch. Die Spannung stieg zum Zerreißen; die Anwesenden wagten kaum zu atmen.

Der Bischof erhob sich, beugte sich über die Platte und betrachtete sie lange. Dann seufzte er tief und legte Malubans Siegelring daneben – und alle sahen, dass sich beide Zeichen völlig glichen.

Vor Entsetzen fand keiner ein Wort und auch der Bischof ging schweigend auf seinen Platz zurück. Endlich forderte er den Kastellan auf: »Lasst uns den genauen Hergang hören!«

Da berichtete der Kastellan, dass sie Guntram in den Schacht hinuntergelassen hatten und wie er nach einigem Suchen die Platte fand.

»Der Beweis für die schädliche Zauberkraft dieser Platte erfolgte ungesäumt«, sagte der Kastellan. »Im selben Augenblick, als Guntram mit ihr aus dem Schacht gestiegen war, begann die Quelle wieder zu sprudeln.«

Jetzt hielt Guntram seine Begeisterung nicht länger zurück. »Sie sprudelt wieder«, rief er. »Sie sprudelt! Maluban ist der Schuldige.«

»Und wo ist er?«, fragte der Richter.

»Geflohen!«, antwortete der Kastellan. »Er hat den Wächter niedergeschlagen und ist geflohen.«

Der Bischof faltete die Hände und blieb lange Zeit reglos sitzen. Er dachte an die Dienste, die Maluban ihm geleistet hatte bei der Verfolgung von Ungläubigen und Ketzern. Er wollte nicht wahrhaben, dass er sich so hatte täuschen lassen. Aber es gab keinen Zweifel daran, dass Maluban auf der Seite des Bösen stand, dass seine Frömmigkeit geheuchelt war.

Auch der Richter fühlte sich tief getroffen. Er musste sich eingestehen, dass er durch Malubans Einfluss immer wieder in Schuld verstrickt worden war.

»Die Gefangenen müssen sofort befreit werden!«, ordnete er an.

Die acht Menschen im Kerker hatten Stunden voller Hoffnung durchlebt. Als der Wärter jetzt aber die Tür weit öffnete und ihnen ihre Freilassung verkündete, brauchten sie eine Weile, bis sie sich über ihr Glück freuen konnten.

Die Bauersleute und der Eseltreiber waren die Ersten, die den Bischofssitz verließen, so schnell sie konnten. Bei den hohen Herren wussten sie nie sicher, ob die sich im letzten Augenblick noch anders besannen.

Die drei Mönche, die Geschwister und Guntram brachte der Wärter in den Gerichtssaal zurück. Dort fanden sie die anderen in aufgeregtem Gespräch über das ungeheuerliche Ereignis. Alle waren sich plötzlich einig, dass sie längst an Malubans Redlichkeit gezweifelt, das aber aus Angst für sich behalten hatten.

Der Bischof erhob sich zu seiner vollen Größe und Würde. Er legte seine Hand auf die Heilige Schrift und sprach: »Wir erkennen schweren Herzens, dass dieser Maluban, der sich ›Meister‹ nennen ließ, ein gottloser Frevler ist. Er fällt unter den Bann der Kirche. Wer ihn antrifft, muss ihn sofort dem Gericht übergeben.«

»Jetzt ist *er* der Gehetzte«, flüsterte Guntram den Geschwistern zu.

»Und«, fuhr der Bischof fort, »Platte und Siegelring – Instrumente des Bösen – müssen vernichtet werden.« Er wandte sich an den Kastellan. »Ich übergebe euch beides. Schickt zum Schmied, damit er sie einschmilzt. Der Metallklumpen wird durch die Flammen geläutert sein und keinen Schaden mehr anrichten.«

Alle erhoben sich, als der Bischof nach kurzem Segensspruch den Gerichtssaal verließ.

Nun verkündete der Richter: »Das Verfahren ist beendet.«

Und zum Schreiber sagte er: »Fertigt eine Abschrift des Protokolls für den Herzog.«

Johanna und Jonas standen noch ganz benommen da. Sie begriffen erst allmählich, dass sich jetzt alles gewendet hatte.

»Guntram«, sagte Johanna leise und reichte dem Freund die Hand. Sofort legte auch Jonas seine Hände auf die der anderen. So standen sie lange Zeit still beieinander.

Schließlich wandte sich der Falkner zum Gehen und nickte Guntram zu: »Komm, wir reiten zurück.«

Aber Guntram schüttelte den Kopf. »Gebt mir eine Weile Freiheit, Herr! Ich will ins Land hinaus und meinen Vater suchen.«

»Daran tust du gut«, erwiderte der Falkner. »Nach allem, was ans Licht gekommen ist, wird der Herzog deinen Vater wieder aufnehmen und ihm das erlittene Unrecht entgelten.«

Malubans Siegelring und die Platte glänzten auf dem Richtertisch. Der Kastellan steckte beide mit spitzen Fingern in einen Lederbeutel und machte sich gemeinsam mit dem Falkner auf den Weg zurück ins Kastell.

Von den Gefangenen waren jetzt noch die Mönche, die Geschwister und Guntram im Saal. Pater Anselmus bat darum, mit seinen Brüdern gleich ins Kloster zurückgehen zu dürfen, um von dem guten Ausgang zu berichten.

Ehe sie gingen, sagte er zu den Geschwistern: »Schaut noch einmal vorbei im Kloster. Es wird Pater Laurentius eine Freude sein, euch zu sehen, bevor ihr weiterzieht.«

»... bevor ihr weiterzieht«, wiederholte der Richter und schaute die Geschwister nachdenklich an. Fragen gingen ihm durch den Sinn, aber er stellte sie nicht.

Johanna, Jonas und Guntram fühlten sich sehr erleichtert, aber auch sehr hungrig. Seit der dünnen Gerstensuppe in der Früh hatten sie nichts gegessen. Begierig schauten sie zu der Tafel, auf der noch die halb vollen Schüsseln vom Mahl standen.

Der Richter hatte ihre Blicke aufgefangen. »Esst!«, rief er. »Ihr habt gewiss noch weite Wege. Hungrig sollt ihr nicht scheiden.«

Auf dem Tisch standen Gerichte, die Johanna und Jonas sehr fremd waren: Eiersuppe mit Safran, Pfefferkörnern und Honig; Kapaun in Sülze; Rebhühner mit Leber und Pflaumen gefüllt; Stockfisch in Öl mit Rosinen, Schweinekopf in saurer Soße, kleine Vögel in Schmalz gebacken.

Trotz ihres Hungers mochten sie nicht von allem essen. Aber es gab noch reichlich süße Speisen, von denen sie nahmen, bis sie ganz satt waren. Den

Stockfisch in Öl und den Schweinekopf überließen sie lieber Guntram, der all das genoss, was er sonst nicht bekam.

Der Richter und die Beisitzer sammelten ihre Akten ein und rüsteten sich zum Gehen. Nur der Schreiber saß noch über seinem Pergament, um das Protokoll für den Herzog zu kopieren. Der Notar hatte die Erstschrift geprüft und beglaubigt und verbeugte sich zum Abschied.

Dann standen die Geschwister mit Guntram in Freiheit vor dem Gerichtsgebäude.

»Und jetzt?«, fragte Guntram. »Soll ich euch gleich ins Kloster bringen?«

»Die Quelle!«, rief Johanna. »Wir müssen aber vorher die Quelle sehen.«

»Klar, wir müssen sehen, wie sie sprudelt«, bestätigte Jonas.

»Gut«, sagte Guntram. »Dann besorge ich euch Pferde. Zu Fuß ist der Weg ziemlich weit.«

Pferde! Johanna war begeistert. Sie ritt schon seit zwei Jahren und war eine echte Pferdenärrin. – Aber Jonas? Der hatte noch nie auf einem Pferd gesessen.

»Du kannst nicht reiten?« Guntram wunderte sich. Jeder konnte doch reiten. Das lernte man von klein auf.

»Kann ich aber nicht«, gab Jonas zu.

»Dann nehme ich dich vorn auf mein Pferd«, schlug Guntram vor.

Bevor er aber in den Stall ging, um sich beim Stallmeister des Bischofs ein Pferd für Johanna auszuleihen, blieb er eine Weile stumm vor den Geschwistern stehen und schaute zu Boden. Dann holte er tief Luft und sagte: »Ich möchte aber doch wissen, wer ihr seid und woher ihr kommt.«

Vor dieser Frage hatten sich Johanna und Jonas gefürchtet. Was sollten sie antworten? Wie konnten sie Guntram erklären, dass sie aus der Zukunft kamen? Aus seiner Zukunft.

Guntram sah sie erwartungsvoll an. Als aber keine Antwort kam, legte sich ein Schatten über sein Gesicht. Enttäuscht murmelte er: »Ihr habt kein Vertrauen zu mir.«

»Doch!«, rief Johanna. »Wir haben Vertrauen zu dir. Du bist unser Freund.«

»Aber ... ?«, fragte Guntram.

Jonas suchte fieberhaft nach einer glaubhaften Erklärung. Schließlich fiel ihm ein, dass er Geschichten gelesen hatte, in denen ein Eid oder ein Gelübde zu reden verbot.

Zögernd sagte er: »Wir kommen aus einem Land, das sehr weit entfernt ist von hier.« Guntram sah ihn gespannt an. »Man hat uns zu euch geschickt, um eine Aufgabe zu lösen. Aber wir sind durch einen Eid gebunden. Wenn wir darüber reden, zerstören wir alles.«

Durch einen Eid gebunden! Einen Eid durfte man nicht brechen! Das überzeugte Guntram. Sein Gesicht hellte sich auf. »Ich ahne schon, dass es mit der Quelle zu tun hat. Ihr habt die Platte gefunden und jetzt sprudelt sie wieder.« Er hielt den Geschwistern seine beiden Hände hin und rief: »Gleich sollt ihr sie sehen!«

Er eilte in den Stall und bekam ohne weiteres ein Pferd für Johanna. Sein eigenes hatte er im Hof angebunden.

Auf dem Ritt zum Falkenschloss blieb Guntram dicht an Johannas Seite.

»Du bist eine gute Reiterin«, lobte er.

Johanna strahlte, aber Jonas konnte seine Verstimmung nicht verbergen. Es genügte doch, dass sie zu Hause mit dem Reiten ständig angab. Musste sie ausgerechnet mit Guntram etwas gemeinsam haben, wovon er ausgeschlossen war? Guntram war *sein* Freund. Den wollte er nicht teilen. Trotzdem beobachtete er seine Schwester und musste zugeben, dass sie gut auf dem Pferd saß und es geschickt lenkte. – Das lerne ich auch!, beschloss er.

Vor dem Falkenschloss standen Wachen, aber die Tore zum Innenhof waren weit geöffnet. Es war noch nicht viel Zeit vergangen, seitdem der Kastellan dem Herzog Bericht erstattet hatte, aber die Nachricht von der erneut sprudelnden Quelle hatte sich in Windeseile verbreitet. Auch, dass jetzt wieder jeder Zutritt hatte und aus der Quelle schöpfen durfte.

»Kommt! Trinkt!«, rief Guntram. Er beugte sich über den Brunnenrand und schöpfte mit beiden Händen Wasser. Die Geschwister taten es ihm nach.

»Schmeckt wunderbar«, sagte Johanna.

»Wenn's stimmt, dass es besondere Kräfte verleiht, wirst du noch mutiger, als du schon bist«, sagte Jonas zu Johanna.

Der Burghof war voller Leben und hatte nichts mehr von jener schrecklichen Nacht, die sie durchgemacht hatten.

»Jetzt bringe ich euch zum Kloster«, sagte Guntram. »Pater Laurentius kann euch bestimmt erklären, wie ihr weiterkommt.«

Sie ritten den Hügel hinab, durchs Dorf und den Pfad hinauf zum Kloster.

Vor der Pforte saßen sie ab und Guntram nahm Johannas Pferd am Zügel. »Ich bringe es zurück und gehe dann auf die Suche nach meinem Vater«, sagte er.

Dann standen sie voreinander und fanden keine

Worte. Johanna und Jonas wussten, dass sie Guntram nie wieder sehen würden, und auch Guntram ahnte, dass es ein Abschied für immer war.

Schnell ritt er mit beiden Pferden davon, ohne sich umzusehen.

16. Irrwege

Am Eingang zum Kloster saß ein anderer Bruder Pförtner als beim ersten Mal. Die Geschwister wollten ihm erklären, dass Pater Laurentius sie erwartete, aber der Pförtner unterbrach sie: »Alles ist geregelt.« Er winkte einem Mönch, der schon bereitstand, und sagte: »Der Bruder wird euch zu ihm führen.«

Der Mönch machte ihnen ein Zeichen, ihm zu folgen, sprach aber kein Wort. Er hatte seine Kapuze tief über die Augen gezogen und hatte es offenbar sehr eilig, seinen Auftrag zu erfüllen. Die Geschwister waren gespannt, ob auch er den geheimen Weg zur Bibliothek nehmen würde.

Zuerst schien es so. Der Gang kam ihnen bekannt vor. Dann gabelte er sich; eine schmale Treppe führte hinauf, eine andere nach unten. Der Mönch nahm die Stufen, die hinabführten.

Johanna zupfte Jonas am Ärmel und flüsterte: »Hier sind wir aber mit Pater Anselmus nicht gegangen.«

Sofort drehte sich der Mönch um. »Ich bringe euch an den rechten Ort.«

An den rechten Ort! Warum sagte er nicht »zur Bibliothek«? Der Gang wurde immer enger und niedriger. Sie passierten mehrere Kreuzwege, bei denen sich der Mönch einmal nach rechts, einmal nach links wandte.

Dieses Herumtappen ohne weitere Erklärung machte die Geschwister misstrauisch. Jonas überlegte, ob sie nicht einfach umkehren sollten. Aber sie waren schon zu oft kreuz und quer gelaufen. Sie würden sich in den Gängen hoffnungslos verirren.

Der Mönch hatte offenbar eine Anweisung. Dass sie aber von Pater Laurentius kam, schien den Geschwistern immer unwahrscheinlicher.

»Wohin führt Ihr uns?«, fragte Johanna.

Es dauerte eine Weile, bis der Mönch antwortete: »Werdet schon sehen.«

Dann standen sie, ähnlich wie damals mit Pater Anselmus, vor einer Tür, die den Gang abschloss. Aber es war nicht die Tür mit dem Erzengel Michael und dem Drachen. Genau in der Mitte zwischen dem oberen und dem unteren Türrahmen war ein runder roter Stein eingelassen, der aus sich selbst zu leuchten schien.

»Ein feines Steinchen«, murmelte der Mönch. Fast zärtlich befühlte er ihn. Dann, mit einer raschen Bewegung, drückte er seine ganze Hand darauf: Die Tür öffnete sich nach innen und der

Mönch forderte die Geschwister auf einzutreten. Er selbst blieb an der Schwelle stehen.

Bisher war auf ihrem Weg immer ein schwaches Licht von irgendwoher gekommen. Jetzt stolperten sie in einen Raum, der in völliger Dunkelheit zu liegen schien.

»Wo sind wir?«, rief Jonas.

Der Mönch lachte boshaft. »Im Nirgendwo.«

Die Tür schlug zu und die Geschwister vernahmen nur noch das hämische Lachen, das sich immer weiter entfernte.

»Jonas!« Johanna überfiel plötzlich eine Ahnung. »Das hat Maluban eingefädelt.«

»Aber Johanna! Maluban ist geflohen. Die Mönche können nichts mit ihm zu tun haben.«

»Und doch!« Johanna war davon überzeugt, dass Maluban noch nicht aufgegeben hatte, dass sie immer noch mit ihm rechnen mussten.

»Hast du nicht gemerkt: der fremde Bruder Pförtner; der Mönch, der schon für uns bereitstand! Maluban hat seine Hand im Spiel.«

Jonas sah das jetzt auch so. Aber wie konnten sie sich gegen einen unsichtbaren Gegner wehren?

Sie sahen sich um. Der Raum, in dem sie sich befanden, war nicht so finster, wie es ihnen zuerst vorgekommen war. Nachdem sich ihre Augen angepasst hatten, erkannten sie ein niedriges Gewölbe, gestützt von dicken Säulen aus Ziegelsteinen, die sich nach oben trichterförmig erweiterten. Das spärliche Licht kam aus Ritzen im oberen Teil einer Mauer.

»Du«, sagte Jonas, »das ist eine Krypta.«

»Eine Krypta?«, rief Johanna. »Wo Särge sind?«

»Da hinten steht so was. Das könnte einer sein«, antwortete Jonas. »Wir sind wahrscheinlich unter einer Kirche.«

»Meinst du, unter der Bischofskirche?«

»Wäre möglich.«

»Siehst du, wo's weitergeht?«, fragte Johanna.

»Hier ist eine Treppe nach oben, warte mal!« Aber Jonas musste feststellen, dass die Steinstufen nur bis zu einer Mauer reichten und dann abbrachen. Er hockte sich auf die unterste Stufe und rief nach Johanna.

»Setz dich her zu mir! Ich weiß überhaupt nicht mehr weiter. Was können wir jetzt bloß noch tun?«

»Keine Ahnung«, sagte Johanna. »Aber weißt du, was mich wundert?«

Und Jonas antwortete, als hätte er gerade das Gleiche gedacht: »Dass wir gar nicht so viel Angst haben.«

»Genau! Ist doch alles ziemlich unheimlich. Normalerweise würde ich bibbern vor Aufregung. – Ob das von dem Quellwasser kommt?«

»Kann sein«, sagte Jonas. »Aber wir wissen trotzdem nicht, wie wir hier rauskommen. Sollen wir versuchen zurückzugehen?«

Das gefiel Johanna nicht. »In dieses Gewirr von Gängen? Und wenn uns einer auflauert?«

Wie sie feststellten, war der Rückweg ohnehin versperrt. Die Tür hatte weder Griff noch Schloss; sie war nur von der anderen Seite zu öffnen.

»Vielleicht gibt es einen zweiten Ausgang. Lass uns die Wände absuchen!«, schlug Johanna vor. »Du gehst rechts herum, ich links.«

Der Raum war rechteckig und nicht sehr groß. Sie trafen sich bald an einer Stelle, die sich unter ihren Händen nicht wie Mauerwerk anfühlte, sondern wie Metall: eine mit Eisen beschlagene Tür.

Wo aber war das Schloss? Es gab keinen Drachenschwanz und keinen roten Stein, so weit sie etwas erkennen konnten. Sie tasteten die Tür ab und entdeckten einen Riegel, darunter eine Öffnung, ein Loch für den Schlüssel, mit dem der Riegel gesperrt wurde. In der Dunkelheit mussten sie sich weiter auf ihren Tastsinn verlassen. Sie suchten alle Mauernischen um die Tür herum ab und alle hervorstehenden Nägel.

Am Boden bekam Johanna etwas Ekelhaftes zwischen die Finger. »Bäh! Hier sind Knochen.«

»Wo? Zeig mal!« Jonas befühlte das Ding, das am

Boden lag, und wollte es gerade beiseite schieben, als Johanna sagte: »Im ersten Augenblick dachte ich, es sei eine Vogelkralle.«

Jonas bückte sich noch einmal danach und hielt den Knochen dicht vor seine Augen. »Stimmt!«, rief er. »Es ist wirklich eine Kralle. Sieht aus wie von einem Greifvogel, vielleicht sogar von einem Falken. Wenn wir Glück haben, funktioniert sie wie ein Dietrich. Mal ausprobieren.«

Johanna musste lachen. »Wie im Märchen von dem Fingerchen der kleinen Schwester.«

Jonas zuckte mit den Schultern; mit Märchen kannte er sich nicht so gut aus wie Johanna. Er steckte die Kralle in die Öffnung. Sie passte, aber es tat sich nichts.

»Nicht aufgeben«, sagte Johanna. »Hier ist bestimmt schon lange keiner mehr durchgekommen. Der Riegel wird eingerostet sein.«

»Reich mir mal das Ölkännchen!«, spottete Jonas.

»Sehr witzig!«

Sie suchten herumliegende Steine und klopften damit auf den Riegel.

»Nichts!«, sagte Jonas, nachdem er mehrmals versucht hatte, den Krallenschlüssel zu drehen.

»Weiter!«, sagte Johanna. Sie nahm einen Stein und schabte über das Eisen.

Plötzlich spürte sie feine Brösel zwischen ihren Fingern. »Jonas! Fühl doch mal! Da rieselt was. Vielleicht Rost.«

»Schab weiter!«, sagte Jonas. »Ich versuche zu drehen. Muss aber aufpassen. Der alte Knochen ist brüchig.«

Sie arbeiteten verbissen weiter, bis es knackte und Jonas einen Teil der Kralle in der Hand hielt.

»Scheiße! Abgebrochen!«

»Aber die Tür!«, rief Johanna. »Sie ist aufgesprungen.«

Tatsächlich hatte sich die Tür im letzten Augenblick einen Spaltbreit geöffnet.

»Wir haben's geschafft!« Jonas schlug seiner Schwester vor Begeisterung kräftig auf die Schulter.

»He! Meinst du, das tut gut?«, wehrte sich Johanna. »Wir sind noch nicht draußen. Warte mal, was jetzt noch alles kommt!«

Auch die Angeln der Tür waren eingerostet. Sie mussten ihre ganze Kraft einsetzen, um sie gemeinsam aufzustoßen.

Vor ihnen lag ein großer Raum, den ein Oberlicht erhellte. In einem Durcheinander aufgestapelt waren schwere hölzerne Bänke, Tische, Truhen, Bettladen, Lederpolster und Zinngeschirr.

»Die Rumpelkammer des Bischofspalais«, stellte Johanna fest.

»Falls wir uns unter dem Bischofspalais befinden«, sagte Jonas.

»Wäre doch möglich«, meinte Johanna. »Wenn das vorher die Krypta unter der Kirche war, könnte das hier doch unter dem Bischofspalais liegen.«

»Dann müsste es auch eine Treppe nach oben geben«, meinte Jonas. Er ließ sich auf eine Bank fallen. »Du! Im Augenblick kann ich nicht weiter. Ich kann nicht mehr denken und nicht mehr suchen. Ich brauch einfach einen Moment Ruhe.«

Das brauchte Johanna auch. Sie setzte sich neben Jonas, stützte ihre Arme auf die Knie und legte den Kopf darauf.

Sie versuchte ganz entspannt zu sein, aber ihre Gedanken arbeiteten weiter.

»Pater Laurentius hat doch gesagt, dass sie im Kloster Gegner haben, die nicht für Gerechtigkeit und freies Denken sind.«

»Und die«, ergänzte Jonas, »macht Maluban im Untergrund zu seinen Komplizen.«

»... und versucht«, Johanna schluckte, »versucht, uns aus dem Weg zu räumen.«

Jonas nickte. »Wir stecken ganz schön in der Klemme. Niemand weiß, wo wir jetzt sind. Pater

Laurentius wird uns nicht suchen. Wir sind nicht mehr zu ihm gegangen, da denkt er bestimmt, wir wollten lieber schnell nach Hause.«

»Und wenn er den Pförtner fragt«, überlegte Johanna, »dann wird der ihn anlügen. Wir hätten uns nicht blicken lassen, wird er sagen.«

»Also«, fasste Jonas zusammen, »es wird uns niemand vermissen und keiner wird nach uns suchen.«

»Beschissen!«, sagte Johanna. Das sollte forsch klingen, aber ihre Stimme zitterte dabei. Wenn sie zu Anfang auch an das Wasser der Quelle geglaubt hatte – jetzt verlor es seine Wirkung. »Ich hab Angst«, flüsterte sie.

»Meinst du ich nicht?«, antwortete Jonas.

Die Tür zur Krypta, durch die sie gekommen waren, war zugefallen und ließ sich nicht mehr öffnen, ebenso wenig wie die erste. Es schien, dass sie überall weitergetrieben wurden, ohne Rückweg. Es gab aber auch keine Treppe nach oben.

»Sie müssen doch all das Zeug hierher geschafft haben«, sagte Johanna. Dann entdeckte sie etwas. »Schau mal, da hinter der Truhe glänzt was.«

Sie räumten zwei Bänke von der Truhe und schoben den schweren hölzernen Kasten beiseite: Eine schmale Tür kam zum Vorschein mit einem Rest von abgeblättertem Gold.

Ein Türgriff! Die kleine Pforte war nicht abgeschlossen!

Jonas stieß sie auf – und fuhr zurück.

»Johanna!«

Dann standen alle beide am ganzen Körper zitternd vor dem, was sie sahen: Zangen, Spieße, Ketten, Daumenschrauben, Peitschen mit eisernen Haken, einen Tisch mit Vorrichtungen zum Zerren der Glieder – die Folterkammer!

Die Geschwister klammerten sich aneinander, unfähig auch nur einen Schritt zu machen.

Es dauerte lange, bis sie sich zurückschleppen konnten und sich auf eine Bank fallen ließen.

»Da geh ich nicht durch«, flüsterte Johanna.

»Und wenn das der einzige Ausweg ist?«, überlegte Jonas. »Weißt du, warum die uns hier eingesperrt haben? Wir sollten verhungern oder verrückt werden vor Angst.«

Allmählich wurden sie ruhiger und konnten wieder klare Gedanken fassen.

»Wir sind bestimmt unter dem Gerichtsgebäude.«

»Und wenn uns die Wärter erwischen ...?«

Jonas stand auf. »Komm, Johanna! Zusammen schaffen wir ’s.«

Zögernd überschritten sie die Schwelle zu dieser Schreckenskammer und suchten die Wände nach einem Ausgang ab. Dabei versuchten sie, die Folterwerkzeuge nicht anzusehen.

Sie fanden zwei Wege aus der Kammer hinaus: eine Treppe nach oben und einen dunklen Gang auf gleicher Ebene.

Welchen sollten sie nehmen? Die Treppe nach oben?

»Lieber nicht«, flüsterte Johanna. »Die führt bestimmt ins Gericht.«

Also den dunklen Gang?

Da öffnete sich plötzlich eine Pforte, die ganz in die Wand eingelassen war und die sie nicht bemerkt hatten. Sie führte in einen sehr kleinen Raum mit hohen Wänden. »Nicht weitergehn!« Jonas setzte seinen Fuß zwischen Tür und Schwelle. »Erst mal prüfen, ob es noch einen anderen Ausgang gibt.«

Johanna schubste schnell einen kleinen Stein in die Angel. Trotzdem klappte die Tür zu, als Jonas seinen Fuß zurückzog.

Sie tasteten sich an den Wänden entlang und stießen an schmale Stufen. Wohin die führten, konnten sie nicht erkennen. Der Raum schien nur die eine Pforte zu haben, durch die sie gekommen waren.

Und jetzt?

Geräusche, die von der Decke kamen, ließen sie

aufschrecken. Lachen, verzerrt wie durch einen Trichter, eine scharfe Stimme – Maluban!

Entsetzt starrten die Geschwister nach oben. Die Stimme klang nah.

»Keine Sorge, meine jungen Freunde.« Maluban sagte das in einem fast schmeichelnden Ton. »Ich hole euch raus. Ihr sollt frei sein.« Stumm, wie gelähmt verharrten die beiden.

Als keine Regung von ihnen kam, wiederholte Maluban: »Ihr sollt frei sein. – Gegen einen kleinen Dienst.«

Gegen einen kleinen Dienst? Hieß das, dass Maluban sie brauchte? Oder war das eine Falle?

»Was ... wollt Ihr ... von uns?«, brachte Johanna stockend heraus.

»Ich sage doch: nur eine Kleinigkeit. Man hat mir mein Eigentum entwendet.« Malubans Stimme klang wieder hart. »Meinen Ring und die Platte. Alte Erbstücke. Auf die verzichte ich nicht gern.«

Johanna hatte sich inzwischen gefangen. »Dann holt sie Euch doch!«

Es entstand eine Pause. Nur Malubans Atem war zu hören. Dann krächzte er:

»Der verfluchte Bann! ... Muss mich verbergen ... Darf keine Gewalt ... meine Helfer ... Galgenvögel ... Schwachköpfe!«

Hochmütig fuhr er fort: »Aber Maluban bezwingt man nicht. Wenn er seinen Ring und die Platte zurückhat, widersteht er allen.« Und wieder zu den Geschwistern: »Tut, was ich euch sage, dann seid ihr frei. Andernfalls …«, er hielt inne, »andernfalls gibt es keine Rettung. Niemand sucht euch, niemand findet euch; ihr werdet dort unten verhungern, verdursten, verenden. – Entscheidet euch schnell! Ich habe nicht viel Zeit.«

Nur mit Mühe konnten die Geschwister begreifen, dass sie zwischen zwei Abgründen standen: Der eine war das Böse, dem sie einen Dienst erweisen sollten. Der andere war ihr eigener Untergang.

Zustimmen und dann flüchten!, ging es Jonas durch den Kopf. Aber Maluban hatte das vorausgesehen.

»Glaubt nicht, dass ihr mich hintergehen könnt! Meine Helfer werden euch bewachen. Und jetzt vergeudet keine Zeit! Tut, was ich euch sage!«

Von der Decke des Raums wurde etwas abgehoben und Helligkeit flutete herein. Die Stufen, an die sie im Dunkeln gestoßen waren, führten nach draußen. Eng aneinander gedrängt, hörten Jonas und Johanna an, was Maluban von ihnen verlangte:

»Wie ich weiß, sind meine Kostbarkeiten auf dem Weg in die Schmiede. Ihr müsst sie retten, bevor sie für immer verloren sind. Meine Helfer stehen mit Pferden bereit. In der Satteltasche des

schwarzen Hengstes findet ihr in einem Lederbeutel das Medaillon des Herzogs. Zeigt es dem
Schmied. Damit gebt ihr euch als Boten zu erkennen. Dann fordert ihn auf, euch Ring und Platte
unversehrt zu übergeben. Die beiden Teile legt zu
dem Medaillon in die Satteltasche und kommt ungesäumt zurück.«

Zögernd stiegen die Geschwister die Stufen hinauf. Von Maluban war nichts zu sehen. Dafür standen zwei Helfer bereit und hielten die Pferde am
Zügel.

Johanna gab Jonas ein Zeichen mit den Augen
und er nickte: Mönchskutten hatten sie überge-
worfen, und es waren dieselben Gesellen, von
denen sie an der Klosterpforte in die Irre geführt
worden waren.

Ehe sich die Kinder wehren konnten, hatte jeder
der Männer eines von ihnen gepackt und vor sich
auf den Sattel gesetzt. Dann ging es in wildem Ga-
lopp davon.

Die Reiter nahmen einen Weg querfeldein, ohne
das Falkenschloss zu berühren. Damit kürzten sie
den Ritt beträchtlich ab.

Bald schon sahen sie das Feuer der offenen
Schmiede; es leuchtete über den Dorfplatz. Malubans Helfer gaben knappe Befehle: »Absitzen!

Geht! Beeilt euch!« Und sie banden ihre Pferde an einen Baum.

Mit großen Augen beobachteten die Geschwister den Schmied. Er hantierte mit schweren Zangen an der Esse, packte glühendes Eisen, trug es zum Amboss und schlug es mit dem Hammer in die rechte Form.

Als er bemerkte, dass jemand in seine Werkstatt gekommen war, hielt er inne.

Jonas ging auf ihn zu und zog das Medaillon des Herzogs aus dem Beutel.

»Auf Befehl«, sagte er und versuchte, seiner Stimme einen festen Klang zu geben, »auf Befehl sollt Ihr uns den Schlangenring und die Platte aushändigen.«

Über das vom Feuer erhitzte Gesicht des Schmieds breitete sich Erschrecken aus. »Den Ring und die Platte«, murmelte er und presste die Hände ineinander. »Der Kastellan hat mir beide schicken lassen. Zum Einschmelzen.«

»Und?«, fragte Jonas. »Habt Ihr es schon getan?«

»Es war ein Befehl«, verteidigte sich der Schmied. »Jetzt kommt plötzlich ein anderer Befehl. Wie konnte ich das wissen?«

Er war verstört und fürchtete Unheil für sich.

Jonas blickte sich nach den beiden Helfern um. Sie machten sich bei den Pferden zu schaffen und waren zu weit entfernt, um zu verstehen, was in der Schmiede vorging.

Trotzdem dämpfte er seine Stimme zu einem Flüstern. »Es wird Euch nichts geschehn«, beruhigte er den Schmied. »Gebt mir, was übrig geblieben ist!«

Da holte der Schmied einen Klumpen geschmolzenes Metall aus dem Wasserbecken unter der Esse. Er hatte ihn zum Auskühlen hineingeworfen.

Nach einem neuen schnellen Blick auf die Helfer nahm Jonas den Metallklumpen entgegen. In der geschlossenen Faust hob er ihn hoch, um den beiden anzuzeigen, dass er den Auftrag ausgeführt hatte, und legte das Metall zusammen mit dem Medaillon in den Lederbeutel.

Die beiden Helfer nickten. Für sie war damit alles in Ordnung. Sie banden die Pferde los und zwangen die Geschwister wieder in die Sättel. An ein Entkommen war nicht zu denken. Auch die Schmiede bot keinen Unterschlupf. Sie lag zum Dorfplatz hin völlig offen da und hatte keinen Hinterausgang. Der eine Helfer riss Jonas den Lederbeutel aus der Hand und warf ihn in die Satteltasche von Malubans schwarzem Hengst.

Dann ging es zurück zu der Stelle, von wo sie aufgebrochen waren und wo Maluban in seinem Versteck auf sie wartete.

»Befehl ausgeführt, großer Meister«, meldeten die Helfer. Malubans Stimme kam von irgendwo aus der Deckung: »Jetzt den letzten noch!«

Wieder wurden die Geschwister gepackt. »Wir haben alles getan«, schrie Jonas. »Ihr müsst uns freilassen!«

Knurrendes Lachen antwortete ihm. Ein Loch tat sich vor ihnen auf, in das sie gestoßen wurden – es war die Kammer, aus der sie kurz zuvor gestiegen waren. Sie stolperten über die Steinstufen und stürzten zu Boden. Die Decke über ihnen wurde geschlossen. Sie waren wieder im Dunkeln.

»Johanna! Bist du verletzt?« Jonas rieb sich sein Knie.

»Geht schon«, antwortete sie. »Mir ist nur ein bisschen zittrig.«

Was sich in diesem Augenblick draußen abspielte, konnten sie nur ahnen. Durch die Decke drangen wüste Flüche, Gebrüll, dann Pferdegetrappel, das sich entfernte.

»Jetzt hat er entdeckt, dass er zu spät gekommen ist«, flüsterte Johanna.

Jonas nickte. »Aus! Es ist aus mit ihm. Schluss!«

»Aber er ist noch da«, sagte Johanna leise und dachte, dass man nicht alles Böse aus der Welt schaffen konnte.

Lange Zeit hockten sie still auf den Steinstufen. Johanna stützte ihren Kopf in beide Hände, Jonas rieb noch immer sein Knie.

Plötzlich sprang er auf. »Eingeschlossen! Wir sind hier eingeschlossen! Die Tür ist zu.«

Johanna blieb ganz ruhig. Sie hatte den kleinen Stein genau in die Angel geschubst; er musste eine Ritze gelassen haben.

»Schau nach, Jonas!«

Jonas bückte sich und fuhr mit den Fingern den Türspalt entlang.

»Genial!«, rief er.

Die Pforte ließ sich öffnen.

17. Ein Rätsel

Jetzt standen sie wieder vor der Treppe, die ins Gerichtsgebäude zu führen schien, und vor dem Gang, der sich im Dunkel verlor.

Sie entschieden sich für den Gang und tasteten sich vorwärts; entlang an niedrigen Wänden aus natürlichem, feuchtem Gestein. An der Länge des leicht ansteigenden Tunnels erkannten sie, dass sie sich nicht mehr unter dem Gerichtsgebäude befanden. Wahrscheinlich sogar außerhalb des Bischofssitzes.

Nach einem endlos erscheinenden Weg tat sich in der Ferne eine runde Öffnung auf.

»Licht!«, rief Johanna und stolperte weiter vorwärts. Die Tunnelöffnung kam näher, wurde größer und führte in einen neuen Raum.

Geblendet standen sie in der Helligkeit eines kleinen Kuppelbaus. Eine große Ruhe ging von dem Raum aus. Hier war keine Bedrohung mehr, nur Licht.

Ringsum standen Skulpturen von Heiligen. Ein Engel trug ein Spruchband mit einer altertümlichen

Schrift. Sie versuchten, sie zu entziffern, und sie brachten schließlich heraus:

Ein Rätsel steht für euch bereit.
Wenn ihr es löst, seid ihr befreit.

Die Lösung eines Rätsels sollte sie befreien? Wo aber fanden sie das Rätsel?

An den Wänden standen halb verblasste Sprüche aus der Bibel, aber kein Rätsel. Auch an den Skulpturen konnten sie nichts entdecken.

Der Engel mit dem Spruchband war die einzige Figur, die frei im Raum stand. Johanna ging um ihn herum und fand noch eine Schrift. Diesmal auf der Rückseite seiner Flügel.

Sie rief Jonas. »Hilf mir mal!«

Gemeinsam entzifferten sie:

Du jagst ihr nach, kannst sie nicht fangen.
Kaum ist sie da, ist sie vergangen.
Trägt Zukunft und Vergangenheit.
Sie löst am Ende alles Leid.

»Schön«, sagte Johanna.

»Aber was bedeutet es?« Jonas schüttelte den Kopf. Wenn das ihre Rettung sein sollte!

»Mal langsam«, sagte Johanna. Sie wiederholte

den Spruch noch mehrere Male, las ihn laut, murmelte ihn vor sich hin, vertiefte sich ganz in die Verse.

Jonas wartete gespannt.

Endlich rief sie: »Ich hab's! Da hättest du selbst drauf kommen können. So was Ähnliches hast du nämlich mal gesagt.«

»Mein Hirn ist total leer«, behauptete Jonas. »Sag schon!«

»Ist doch ganz einfach: Es ist – die Zeit! Die Zeit!«

Kaum hatte sie das Wort ausgesprochen, tat sich eine Wand auf und jenseits der Wand waren Sonne und Bäume.

Ohne viel zu überlegen, fassten sich die Geschwister bei den Händen und liefen ins Licht. Hinter ihnen war nichts mehr, nur ein grauer Felsen.

18. Letzte Botschaft

Jonas und Johanna waren noch ganz benommen von dem, was hinter ihnen lag. Sie wunderten sich nicht einmal, dass sie wieder ihre Badesachen anhatten.

Sie setzten sich auf einen Baumstamm und genossen die Sonne und Wärme nach der Kälte der dunklen Gänge. Still saßen sie da und schauten in das flirrende Licht im Laub der Bäume.

Es verging viel Zeit, bis sie wieder miteinander redeten und überlegten, wie sie ihren Heimweg finden könnten.

»Kommt dir hier irgendwas bekannt vor?«, fragte Johanna.

Jonas schüttelte den Kopf. »Wir müssen den Fluss suchen. Wenn wir an dem entlanggehen, kommen wir zu der Ruine.«

»Und schwimmen rüber zu unserem Badeplatz«, ergänzte Johanna.

Wo aber war der Fluss? Um sie herum wuchsen hohe Sträucher und versperrten die Sicht; Birken standen dicht beieinander.

Da kam aus dem Unterholz ein deutliches »Miaaao«.

Johanna horchte auf. »Jonas! Die Katze!«

Die Katze steckte ihren Kopf aus dem Gebüsch, dann stakste sie heraus, setzte sich neben die Geschwister und begann sich zu putzen.

Johanna beugte sich hinunter und streichelte über ihr schwarzes Fell. Die Katze blinzelte sie mit ihren grünen Augen an, streckte sich, gähnte und verschwand wieder im Buschwerk.

»Schnell! Wir laufen ihr nach«, sagte Johanna.

Sie bahnten sich einen Weg durch die Büsche.

Auf einer Lichtung tauchte die Katze wieder auf, schaute sich kurz um und lief weiter. Die Geschwister ließen sie nicht mehr aus den Augen.

Und sie erreichten den Fluss!

»Wasser!«, rief Johanna. »Endlich Wasser! Ich komme mir total verdreckt vor. Springst du schnell mit rein?«

»Klar.«

Sie tauchten ins Wasser, spritzten, prusteten und fühlten sich ganz befreit.

»Aber mein Haar!«, rief Johanna plötzlich und griff nach ihrem Kopf. »Schau doch mal, Jonas! Ist es ...?«

Jonas lachte. »Ist okay!«

Johanna seufzte erleichtert. So verunstaltet hätte sie sich nicht in die Schule getraut.

»Eigentlich«, überlegte Jonas, »können wir gleich hier ans andere Ufer schwimmen.«

Die Katze kam näher.

»Wir wissen ja nicht, an welcher Stelle wir sind«, sagte Johanna, »und ob wir drüben überhaupt weiterkommen. Da gibt's keinen Weg am Ufer, nur unsere Badebucht.«

»Stimmt«, gab Jonas zu. »Hier sieht es wenigstens nach einem Pfad aus.«

Sie stiegen aus dem Wasser und ließen sich von der Sonne trocknen.

Johanna suchte mit den Augen das Ufer ab. »Liegt die Ruine flussaufwärts oder -abwärts?«

»Keine Ahnung.«

Die Katze strich Johanna um die Beine und lief dann auf dem schmalen Pfad flussaufwärts.

Jonas lachte. »Sie muss es ja wissen.«

Und so folgten sie ihr. Sie lief weiter, ohne sich um die beiden zu kümmern. Ein ziemliches Stück Wegs legten sie zurück. Dann sahen sie die Ruine, auf die die Katze in langen Sätzen zusprang. Sie lief die Stufen hinauf und verschwand in der alten Kirche. Als Jonas und Johanna ankamen, ließ sie sich nicht blicken.

Sie schauten zu ihrem Badeplatz hinüber. Er

schien leer zu sein. Nur ihre Handtücher leuchteten im Gras.

Johanna war die Stufen hinaufgestiegen und deutete in die Kirche. »Sollen wir?«

Sie waren beide unsicher. Wie würde es sein, den Historiker zu treffen? Zögernd gingen sie durch das alte Gemäuer auf die Forsthütte zu. Das Schild »Institut für Vergangenheitsforschung« war verschwunden und als sie anklopften, machte ein Mann in einer grünen Lodenjacke die Tür auf: der Förster.

»Eigentlich«, stotterte Jonas, »eigentlich wollten wir zu dem Historiker.«

»Zu wem?«

»Zu dem Historiker. Der hat doch hier gearbeitet«, ergänzte Johanna.

Der Förster schaute sie erstaunt an. »Hier soll jemand gearbeitet haben? Da müsst ihr euch täuschen.«

Jonas und Johanna sahen sich unsicher an.

»Gearbeitet hat hier bestimmt niemand, das müsste ich wissen, aber wartet mal! Irgendjemand muss sich Einlass verschafft haben. Das da hab ich gefunden. Lag auf dem Tisch.«

Er reichte ihnen ein farbiges Blatt.

Jonas schnappte nach Luft und Johanna machte: »Pfff!« Es war die Kopie aus der alten Handschrift mit dem S und der Quelle.

»Ein schönes Bild«, sagte der Förster. »Wollt ihr es haben? Der 's vergessen hat, holt es bestimmt nicht mehr. Ich schließe die Hütte von jetzt an fest ab.«

Johanna nahm das Blatt zögernd entgegen.

»Das ist aber nett von Ihnen. Es ist wirklich schön, danke.«

»Schon recht.« Ehe der Förster zurück in die Hütte ging, fragte er: »Woher kommt ihr eigentlich?«

Woher? Ja, woher kamen sie?

Sie mussten einen Augenblick nachdenken, dann sagte Jonas: »Von drüben. Da baden wir immer.«

»Also rübergeschwommen. Tapfer!«, lobte der Förster und hob seine Hand zum Abschied.

Sie gingen durch die Ruine zurück. Die Katze sonnte sich am Eingang der Stufen und blinzelte sie an.

Dann lag der Fluss wieder vor ihnen.

Eine Weile saßen sie im Gras, die Handschrift zwischen sich.

»Aber warum hat er sie liegen lassen?«, überlegten sie.

Beiden ging derselbe Gedanke durch den Kopf, der ihnen aber so groß erschien, dass sie nicht wagten, ihn auszusprechen.

Wenn ihnen der Historiker mit dem »Scivias« sagen wollte, dass er zurückkehren konnte in seine Welt? Frei von neuer Schuld?

»Schluss damit!«, sagte Johanna leise. »Wir waren zu weit fort.«

»Und was machen wir mit der Handschrift?«, fragte Jonas.

»Wir übergeben sie dem Fluss«, schlug Johanna vor.

Vorsichtig legte sie das Blatt aufs Wasser. Es wirbelte in der Strömung, leuchtete noch einmal auf und zog dann langsam davon.

»Ich weiß überhaupt noch nicht richtig, wo ich bin«, sagte Johanna. Das merkte sie aber sehr bald, als sie gegen die Stromschnellen kämpfen mussten. Sie versuchten, dagegen anzuschwimmen, um nicht abgetrieben zu werden, und sie kamen genau zu ihrer Badebucht.

»Da seid ihr ja endlich!«

Erst jetzt sehen sie Erik, der sich mit seinem Laptop in den Schatten verzogen hat.

»Bist du ...« Jonas ist die Verwirrung anzumerken. »Bist du schon wieder da?«

»Was heißt ›schon wieder‹? Immer noch«, antwortet Erik. »Ich wollte gerade gehen. Hab lange genug auf euch gewartet.«

»Wie lange denn?«, fragt Jonas.

Erik zuckt mit den Schultern. »So ungefähr … weiß nicht.«

Jonas will es genau wissen. »Als ich drüben bei der Ruine angekommen bin, war's ungefähr Viertel nach zwei. Und wie spät ist es jetzt?«

»Schau doch auf deine Uhr. Hast ja selbst eine.«

»Stehen geblieben«, sagt Jonas. Trotzdem wirft er einen Blick darauf: Der Sekundenzeiger bewegt sich – sie geht wieder. Es ist Viertel nach vier.

Er hält Johanna die Uhr hin und murmelt: »Zwei Stunden! Zwei!«

Erik lässt ihnen keine Zeit, sich Gedanken zu machen. Er ist von seinem neuen Computerspiel so begeistert, dass er jetzt ohne Pause darüber reden muss.

»Deine Bücher kannst du vergessen und deine vergammelten Ruinen auch«, sagt er zu Jonas. »Mein Spiel! Schaut's euch mal an. Da ist Spannung drin. Ist echtes Mittelalter. Da geht's um zwei Freunde, die in den Bann eines Magiers geraten sind. Je nachdem, wie man sich entscheidet, fallen sie von einer Gefahr in die andere und werden zum Schluss ausgelöscht. Oder aber es gelingt ihnen, den Magier zu besiegen.«

»Na toll!«, sagt Johanna und Jonas lacht. »Klingt ja wirklich ganz echt.«

Erik beginnt, seine Sachen zusammenzupacken. »Wird Zeit. Ich muss noch Mathe machen. Tschüss.«

Auch Johanna und Jonas wollen nach Hause.

Als Jonas sein Buch über das Mittelalter in die Tasche stecken will, zögert er. Er hält es Johanna hin. »Brauchen wir so was noch?«

Johanna schüttelt den Kopf.

»Aber behalten will ich 's doch«, sagt Jonas.

Dann gehen die Geschwister zu ihren Rädern.

Noch nie sind sie sich so einig gewesen.

Inhalt

NAGEL & KIMCHE

Hanna Johansen
Die Hühneroper
Mit Bildern von Rotraut Susanne Berner
Ab 8 Jahren und zum Vorlesen. 176 Seiten, gebunden
ISBN 3-312-00949-9

Die Bühne ist ein Hühnerhof. Darin lebt ein Hühnchen
mit einem großen Freiheitsdrang: schwimmen möchte es
lernen (wie die Enten), fliegen (wie der Adler) und, wenn
es groß ist, goldene Eier legen. Lächerlich, finden die
Alten. Aber das Hühnchen lässt nicht locker und gräbt
sich ein Loch unterm Zaun hindurch ins Freie.